DERNIÈRES

POÉSIES

COMTE JULES DE RESSÉGUIER

TOULOUSE

IMPRIMERIE DE A. CHAUVIN

RUE MIREPOIX, 3

DERNIÈRES POÉSIES

DU

COMTE JULES DE RESSÉGUIER.

DERNIÈRES

POÉSIES

DU

COMTE JULES DE RESSÉGUIER

TOULOUSE

IMPRIMERIE DE A. CHAUVIN

RUE MIREPOIX, 3

1864

PRÉFACE.

Nous croyons les dernières poésies du comte
Jules de Rességuier supérieures à celles dont la
publication, déjà ancienne *, a jeté sur son nom
un éclat littéraire qui se rattache au grand mouvement intellectuel des trente premières années
de ce siècle.

L'éloignement de Paris, la retraite au sein
des jouissances et des devoirs du foyer domes-
tique, l'âge lui-même n'ont amoindri ni la sen-
sibilité du poëte, ni la délicatesse de l'artiste,

---

* Les *Tableaux poétiques*, 1827 ; — les *Prismes poétiques*, 1838.

ni le tact de l'homme du monde. Ces qualités
originales et caractéristiques de son talent se
sont, au contraire, développées et affermies, en
s'imprégnant de plus en plus de la couleur reli-
gieuse et de l'élément chrétien, qui n'ont fait
défaut à aucune des compositions de sa jeunesse.

Malgré quelques légères imperfections que
l'auteur, plus exigeant en cela que qui que ce
soit, avait le projet de faire disparaître, ce re-
cueil posthume nous semble très-digne de
prendre place à côté des œuvres poétiques les
plus achevées. Ce n'est cependant pas tout à
fait au public que nous le destinons. Nous ne
le faisons, quant à présent, imprimer qu'à
un très-petit nombre d'exemplaires, et seulement pour quelques amis qui ont bien voulu
le réclamer.

Peut-être verra-t-on dans cette réserve un
signe de défiance envers la disposition actuelle
des esprits et envers le goût des lecteurs,
même lettrés, d'aujourd'hui. Nous nous rési-

gnons d'avance à cette interprétation , quoi-
qu'elle ne soit pas la plus vraie. Ce qui nous
fait préférer une publicité ainsi restreinte, c'est
notre tendre respect pour celui dont il s'agit.
Nous ne voulons , en ce moment du moins ,
confier cette chère mémoire qu'à ceux qui s'as-
socient au culte que nous lui rendons , et qui
ont aimé et apprécié l'ami plus encore qu'ils
n'ont admiré le poëte.

Sauveterre , janvier 1864.

LA VILLE DE TOULOUSE.

L'industrie aujourd'hui qui bâtit et nivelle
Fait de ma vieille ville une ville nouvelle.
A ces murs éclatants et sous ces légers toits,
Je ne reconnais plus Toulouse d'autrefois,
Ma Toulouse guerrière à l'héroïque histoire,
Toulouse aux forts remparts, Toulouse étroite et noire,
Avec les bastions dont ses murs étaient ceints,
Et ses caveaux remplis des reliques de saints ;
Son Capitole orné de chapiteaux doriques,
Les portails surbaissés de ses maisons de briques,
Sur ses pavés aigus d'inégales hauteurs,
Le doux balancement des chaises à porteurs,

Ses usages pareils aux antiques coutumes,
Ses vêtements taillés sur les anciens costumes,
Des métiers et des arts les corporations,
Apportant leur symbole à nos processions ;
Les veuves entourant de crêpes leurs longs cierges,
Les roses parfumant la bannière des vierges,
Les pénitents prenant l'attitude des pleurs,
Sous leurs grands capuchons de diverses couleurs ;
Le Premier Président suivi de son carrosse,
L'archevêque marchant appuyé sur sa crosse,
Vêtu d'or, rayonnant comme l'astre des jours,
Toujours psalmodiant, et bénissant toujours.

O ville où je naquis, et que j'aurais choisie,
Avec tes souvenirs, ta foi, ta poésie,
Tu paraissais superbe aux regards envieux,
Car cela, c'était beau, c'était grand, c'était vieux !

Mais par le temps, hélas ! tout s'altère et tout bouge ;
Le temps a déchiré ta robe en damas rouge,
Et ce large manteau qui couvrait noblement
De sa pourpre tes murs comme ton parlement ;

Alors, tu levais haut ta tête indépendante,
Tu gardais ton maintien, comtesse ou présidente ;
On te disait savante et sage ; à ton aspect,
Le voyageur surpris s'inclinait de respect ;
Tu méritais le nom de sainte que tu portes ;
On ne franchissait pas facilement tes portes ;
Et pour qu'insolemment nul ne te fît la cour,
Des concierges veillaient jour et nuit dans leur tour.
Maintenant, tes remparts sont des pelouses vertes ;
Comme ton cœur, à tous tes portes sont ouvertes ;
Sans rencontrer un Suisse avec ton écusson,
Chacun entre chez toi librement, sans façon ;
Sur tes balcons légers et que l'art badigeonne,
Le rosier refleurit et le lilas bourgeonne ;
Tu changes ta couronne héraldique en bouquets,
Tes grands airs d'importance en petits airs coquets,
Sans rechercher le faste ou craindre la disette,
De dame tu deviens tout simplement grisette,
Grisette au frais visage où le plaisir se peint,
Qui travaille, qui chante, et qui gagne son pain.

Mais, quoique avec tant d'art parée et rajeunie,
Souviens-toi de ta gloire, et garde ton génie,

Cet instinct paresseux, facile à contenter,
Et ce subit élan qui te fait tout tenter.
Ma belle du Midi, ma Languedocienne,
Sois poëte toujours, toujours musicienne ;
Que ton souple idiome, au bout de l'univers,
Comme un oiseau s'élance en modulant des vers,
Que la chanson surtout de ton sein s'évapore,
Car tes murs, comme un luth, ont un écho sonore.
Le souffle de tes nuits, imprégné de senteurs,
Est moins doux que la voix de tes jeunes chanteurs
Qui font monter le soir, ainsi que des fusées,
Des paroles d'amour vers toutes tes croisées.

Une douce harmonie entre dans la maison,
Et l'on suit pas à pas, dans la belle saison,
Ces groupes d'artisans qui jettent dans les brises,
De leurs chants naturels les notes inapprises ;
Doux chants, sans me lasser que j'entendrais toujours,
Qui sont comme l'écho de mes premiers beaux jours,
Et qui font que de toi, ma patrie, ô Toulouse,
L'Italie est contente, et l'Espagne jalouse.

ITINÉRAIRE A....

Si votre ange nous souriant,
Dans nos climats vous accompagne,
Arrêtez vos pas, en voyant,
A droite, un pays verdoyant,
Sur la grande route d'Espagne.

Ce point vert, c'est notre coteau,
Avec ses routes inclinées,
Ses prés, ses bois, ses fleurs, son eau ;
Un ravissant petit anneau
De la chaîne des Pyrénées.

Ce point blanc, c'est notre maison,
Moitié château, moitié chaumière,
Avec sa croix pour l'oraison
Et son magnifique horizon
De brouillards frappés de lumière.

Ce point plus brillant, ce point bleu,
Des purs archanges c'est le siége,
C'est le ciel lui-même, c'est Dieu
Qui lance son regard de feu
Au-dessus de nos monts de neige.

Et du globe on ferait le tour,
Sans jamais diriger ses voiles
Vers un plus tranquille séjour,
Un abri plus rempli d'amour,
Un ciel plus parsemé d'étoiles.

NOTRE MAISON.

Est-ce là-haut une bastille ?
Est-ce de France ou de Castille
Un drapeau flottant dans les airs ?
Quelle est cette clarté qui brille
Au-dessus de ces arbres verts ?

Ce n'est rien ; — quelques pierres blanches,
Quelques légères minces planches ;
Un petit toit à l'horizon
Qu'un arbre couvre de ses branches ;
Mais ce rien... c'est notre maison.

Frêle, à la croire aux vents flottante,
Comme le lin pur éclatante,
Et sur un mont où vient le miel ;
Notre maison semble une tente
Dressée aux frontières du ciel.

Des nuages sont sa couronne ;
Dans l'air léger qui l'environne,
Sur des fleurs elle se soutient ;
Et je perdrais... si, pour un trône,
Je donnais ce qu'elle contient.

C'est dans la vitre qui chatoie
Les rubis que l'aurore envoie :
C'est le bon pain de chaque jour,
Le travail, le repos, la joie ;
C'est peu d'or et beaucoup d'amour.

Ce n'est ni palais ni masure ;
C'est l'art qui pare avec mesure
Des lambris frais et peu dorés ;
C'est l'écho de chaque embrasure
Qui redit des noms adorés.

C'est la femme, en un jour suprême,
Qui devint moi, plus que moi-même ;
Qui jamais n'a dit oui pour non,
Et qui m'a dit : C'est toi que j'aime,
Et dont je veux porter le nom.

C'est encor, ravissante chose,
Cette petite fille rose,
A l'air coquet et triomphant,
Qui court, qui rit, qui chante et cause,
Et dont le père... est mon enfant.

C'est la vie, en tout moins amère,
C'est, sous le portrait de ma mère,
Un *au revoir*, plus qu'un *adieu !*
C'est tout ce qui n'est point chimère,
Et qu'on nomme : famille et Dieu !

LA NOUVELLE MAISON.

De mon père en pleurant je reçus l'héritage;
Le château séculaire entra dans mon partage.
Il appuyait là-haut, dans les flancs du rocher,
Son imprenable base au niveau du clocher ;
Et de ses quatre tours, quand j'ai vu la dernière
S'incliner de vieillesse et tomber pierre à pierre,
J'ai choisi, pour bâtir ma nouvelle maison,
Ce coteau d'où l'on voit comme un double horizon,
L'un étroit, l'autre immense ; on admire et l'on prie;
On demeure muet, en extase ! ou l'on crie
Qu'avec un grand secret de prédilection
Dieu partagea ce point de la création.

Sa main gauche, d'épis et de fleurs toute pleine,
A mis l'ombre et l'amour à nos pieds dans la plaine,
Et sa droite, au-dessus du toit que nous aimons,
A d'éclairs et de gloire illuminé ces monts.

Dans un vaste bassin large de trente lieues,
Sous la lumière blanche et sous les vapeurs bleues,
Une vigne embrassant d'un amoureux lien
Le corps de ma maison au toit italien ;
Son front dans les brouillards, ses pieds dans la ramée ;
Sur sa tête, les flots d'une brune fumée ;
L'architecte n'a pas interrogé son art
Pour élever ses murs légers ; c'est le hasard,
Le caprice, le goût, l'instinct, la fantaisie ;
Tout y manque au dedans, hormis la poésie ;
La voix y sait chanter, le cœur y sait gémir ;
On y peut mieux rêver que l'on n'y peut dormir.

Isolée, à la foule elle semble interdite ;
Car, bien qu'hospitalière, on sait qu'elle est petite,
Que nul indifférent n'a place en ce séjour,
Et qu'il est tout rempli de prière et d'amour.

Près du même foyer et de la même coupe,
Avec les mêmes vœux la famille s'y groupe ;
Chacun se réunit là pour se compléter,
Et d'un souffle pareil tous ont l'air d'exister.

Le père dans son fils voit un grand homme naître ;
La mère, allant plus haut, y voit un saint, peut-être ;
Et la sœur attentive, en son cœur qui s'émeut,
Semble dire : Mon frère a-t-il tout ce qu'il veut ?

Et que peut-on vouloir qu'ici Dieu ne nous donne ?
Le rois n'ont pas au front de plus riche couronne ;
Dans leurs palais ils ont l'éclat du diamant ;
Nous, libres dans notre air, les feux du firmament ;
A leur porte rugit la clameur politique,
A la nôtre on n'entend qu'un pauvre et son cantique.
Ils ont bien comme nous des serviteurs soumis ;
Mais ils disent : Sujets, et nous disons : Amis.

Ah ! malgré tous ces biens où notre cœur s'appuie,
N'avons-nous pas nos jours de tristesse et de pluie ?

Oui, c'est un poids dans l'air ; l'aigle ne peut monter ;
C'est dans l'âme un ennui que l'on ne peut dompter,
Une souffrance au cœur que nul remède n'ôte ;
C'est un deuil, une absence, une crainte, une faute ;
Car, qui peut feuilleter le livre du passé,
Sans y lire un regret que rien n'a surpassé ?

Alors le sang se glace et brûle dans la veine,
On se trouble ; la paix de la famille est vaine,
Et l'on fait, pour porter ses pas je ne sais où,
Les rêves d'un malade et les projets d'un fou.

Quoi ! chaumière ou palais, village ou capitale,
Ne sont-ils pas bâtis sur la terre fatale ?
On peut fuir, mais soi-même on ne peut se quitter ;
Notre dette est partout, il la faut acquitter,
Acquitter sou par sou, quelle qu'en soit la somme.
S'il ne règle le chiffre ici-bas, quel est l'homme
Qui puisse un seul instant penser sans s'effrayer
Au compte que là-haut il lui faudra payer ?

Non, ce n'est pas sur tel ou sur tel coin de terre
Que germe du bonheur la plante salutaire ;

C'est le solide pas qui fait le chemin sûr ;
A tous les cœurs sereins tous les cieux sont d'azur !

Nous avons plus qu'ailleurs, ici, de grandes choses :
A la fois du soleil, de la neige et des roses ;
Une église voisine, un autel décoré
De l'image d'un saint fait en bois tout doré ;
Sous la voûte modeste un encens dont l'arôme
Emplirait de parfums tout Saint-Pierre et son dôme ;
Un pasteur, entonnant sans orgue et sans bourdon
L'hymne qui fait sur nous descendre le pardon.

L'heure alors comme un grain du rosaire s'écoule,
Et le plus grand se cache à genoux dans la foule ;
Car, en ce lieu, l'orgueil sent lui-même qu'il faut
S'abaisser, pour monter plus près du Dieu très-haut !

Et puis, quand on a pris une goutte d'eau sainte,
Et qu'ensemble l'on sort de cette étroite enceinte,
La nature ouvre un temple immense devant nous,
Temple superbe à faire incliner les genoux ;

Il surpasse en splendeur toutes les cathédrales ;
Les monts sont ses piliers, les prés fleuris ses dalles ;
Les contours de sa nef sont l'horizon vermeil,
Et ses mille flambeaux les rayons du soleil.

A M. DE L.....

J'étais bien triste hier de vivre, d'être infirme,
Des craintes du passé que le présent confirme,
De l'avenir, de tout... quand de chez Gosselin
Un livre m'est venu ; j'en ouvre le vélin,
Et ton nom imprimé sur la première feuille
Fait que d'un cri d'amour à l'instant je l'accueille,
Et page à page enfin mon mal s'est adouci ;
Que tu m'as fait de bien, ô poëte, merci !...

Tu jettes au milieu des combats politiques
Ta voix, dont chaque voix a redit les cantiques ;

La discorde s'arrête, et j'écoute étonné
Ton vers harmonieux dans l'orgie entonné ;
Comme aux sourds roulements dont la guerre s'enivre,
Se mêle le son clair des trompettes de cuivre,
Ou comme, dans les airs chargés de flamme et d'eau,
Au tonnerre grondant se mêle un chant d'oiseau.

Des lyres en tombant du ciel se sont brisées,
Les poëtes en sont les cordes divisées.
Rapprochez-vous donc tous, dans le même moment,
Pour reconstruire ensemble un divin instrument ;
Et pour que nos rumeurs frivoles ou funestes
Se dissipent au bruit de vos gammes célestes,
Le léger luth d'ivoire avec les hymnes saints
Peut encore étouffer le bourdon des tocsins.

La poésie est douce, elle n'est point haineuse ;
Ne vivant que d'amour, la chaste moissonneuse
Laisse les grains mauvais et les germes amers
Pour les fleurs de la terre et les perles des mers ;
Elle n'a sous ses yeux qu'un idéal modèle,
Tout ce qui n'est pas pur lui semble indigne d'elle ;

Aux choses de ce monde elle ne descend pas,

Et si, dans le conflit des misères d'en bas,

A quelques noms humains sa voix est accordée,

C'est que la gloire alors en a fait une idée,

Que ce nom par le bras, par la prose ou les vers,

D'un chef-d'œuvre de plus a doté l'univers ;

Dans le royal congrès des lumières du monde,

Quand elle vous appelle, il faut qu'on lui réponde ;

Quand elle a demandé : Comment se nomme-t-on ?

Qu'on dise : Je suis Dante, ou Corneille ou Newton.

Et toi, trempé comme eux aux flammes du génie,

Roi par l'intelligence et roi par l'harmonie,

Alors que de ton titre on viendra s'informer,

Comme eux tu peux répondre et comme eux te nommer.

Tu dois offrir au rang que l'avenir te garde

L'homme d'Etat, peut-être, aussi bien que le Barde ;

Car l'Europe déjà sait à quelle hauteur

Dans l'éloquent orage est monté l'orateur ;

J'ai battu des deux mains souvent à ta parole ;

Pourtant, j'aime ton front sous une autre auréole ;

Pardon ; c'est que, vois-tu, ce grand amour que j'ai,

Fut tout pour le poëte, et je n'ai pas changé.

Monte sur les rochers, sur les pics, sur les dunes,
Pour planer au-dessus de toutes les tribunes ;
Car, c'est pitié vraiment lorsqu'il s'agit d'avoir,
Sur la terre, un peu plus de bruit et de pouvoir,
C'est pitié qu'on s'épuise en tel ou tel système.
Qu'importe des tribuns l'éloge ou l'anathème ?
Qu'importe que ce monde ouvre un même sentier
A l'homme de devoir et l'homme de métier ?
Mais il importe fort qu'aux routes éternelles
Se suivent pas à pas les âmes fraternelles ;
Que l'on s'entende bien, lorsqu'il s'agit de Dieu,
Et des chances du sort dont notre âme est l'enjeu ;
Que sous le même pli de la même bannière
Nous marchions, en priant de la même prière ;
Que nous nous dirigions toujours vers cette main
Qui tient les clefs du ciel sous le dôme romain ;
Et qu'un ange, entr'ouvrant la sainte basilique,
Etende sur nos fronts la palme catholique.

Il faut donc que tout Barde illustre comme toi,
Baptise son génie aux sources de la foi.
Ta superbe pensée a l'élan qui transporte,
Ta langue a le pouvoir de la parole forte,

L'art mêle à tous les tons de tes divins accents,

Les suaves bémols et les dièses puissants,

Et chaque cri plaintif que l'âme humaine jette

Trouve un sublime écho dans ta voix de poëte.

Mais il faut plus : il faut que le ciseau chrétien

Ne grave pas un nom plus intact que le tien ;

Je te le dis, avant que mon ardeur fléchisse,

Car, bien que sur mon front plus d'un cheveu blanchisse,

Contre l'âge mon cœur jour à jour se défend,

Et je t'aime toujours de mon amour d'enfant.

1838.

LE TRAVAIL SANCTIFIÉ PAR LA PRIÈRE.

Dès le matin, avec ses voix harmonieuses,
Ses oiseaux qui du ciel semblent les messagers,
Prions, pour que l'horloge en sons doux et légers
Ne sonne jusqu'au soir que des heures joyeuses.
Allons, sitôt que l'aube éclaire le vitrail,
Chacun à la prière et chacun au travail.

Le travail, c'est la loi faite à l'homme, à la femme ;
C'est à ce prix qu'on peut acheter le bonheur ;
Le travail, c'est le pain ; c'est bien plus... c'est l'honneur ;

C'est la santé du corps et la santé de l'âme.
Tous ensemble à l'ouvrage, ensemble à l'oraison,
Pour nourrir la famille et bénir la maison.

Rappelons-nous, non loin des lacs de Samarie,
Le bourg de Nazareth, le modeste chantier
Où travaillait Jésus, ce divin charpentier,
A côté de Joseph, sous les yeux de Marie.
Dieu protége ici-bas les jours des travailleurs,
Et leur donne plus tard, au ciel, des jours meilleurs.

La joie est à tous ceux dont la vie est utile :
Au soldat qui gaîment combat sous les drapeaux,
Au berger vigilant qui garde ses troupeaux,
A l'époux qui laboure, à la femme qui file ;
Et la grand'mère infirme, assise au coin du feu,
Parfois sourit encore, et chante en priant Dieu.

Il faut à tout travail ajouter la prière ;
Il faut dans tous les arts penser au but divin,
Que l'on soit orateur ou qu'on soit écrivain,

Que l'on sculpte le marbre ou qu'on taille la pierre ;
C'est par l'amour de l'art et les élans pieux
Que l'inspiration descend toujours des cieux.

Quand les peintres chrétiens sur leurs mystiques toiles
Du séjour des élus esquissaient les dessins,
Quand ils représentaient les saintes et les saints,
Ou la vierge Marie au milieu des étoiles,
Dans ces temps de foi vive, hélas ! si loin de nous,
Les artistes peignaient leurs tableaux à genoux.

Ah ! sans doute autrefois, la Grèce et l'Italie
Ont, en les égalant aux plus grands citoyens,
Justement couronné leurs artistes païens ;
Et je ne prétends pas, ceux-là, qu'on les oublie !
Mais avec plus d'amour nous nous ressouvenons
De ceux qui pour le Christ ont illustré leurs noms.

Il fut un moine, un saint, puissant par sa parole,
Que l'Eglise écoutait et ne réfutait pas,
Un savant travailleur ; on l'appelait Thomas,

Le docteur des docteurs et l'ange de l'Ecole ;
Et sur elle il versait les trésors ignorés,
Qu'il puisait, nuit et jour, dans les livres sacrés.

Il fut un grand poëte, à la croyance ardente,
Que conduisit Virgile au ténébreux séjour,
Qui chanta Béatrix et l'angélique amour.
On le nommait Divin, et son nom était Dante ;
Et son regard, du fond de l'enfer des maudits,
Allait au purgatoire et jusqu'au paradis.

Vous, arrière-neveux de ces nobles ancêtres,
Qui trempaient leur génie aux sources de la foi,
Pour être salués comme on salue un roi,
Pour que dans l'avenir on vous appelle maîtres,
Pour entourer vos fronts d'un cercle lumineux,
Priez comme ils priaient, et travaillez comme eux !

QUAND NOUS ÉTIONS ENFANTS.

Tout ce qui vient de vous, ô Dieu bon, et Dieu grand,
En sortant de vos mains, est pur et transparent.
O source du ruisseau, dont l'eau fraîche s'épanche,
O limpide rayon qui percez l'aube blanche,
O neige qui tombez légère sur nos toits,
Nous étions comme vous transparents autrefois.

Car nous étions enfants... et l'enfance se livre ;
On peut lire en son cœur, ainsi que dans un livre,
Livre aux vignettes d'or, aux feuillets de satin,
Où, près de l'oraison du soir et du matin,

Sont les sages désirs, les folles espérances,
Les immenses bonheurs, les petites souffrances,
Et les jeux défendus et les plaisirs permis,
Et la liste des bons et des méchants amis.

Pour les tout jeunes cœurs le démon est sans piége,
L'ange de leur baptême encore les protége ;
Tous les petits enfants trouvent sur leur chemin
Jésus qui les appelle et qui leur tend la main.
Mais n'importe comment ici-bas l'on vous nomme,
Sitôt que l'on devient jeune fille ou jeune homme,
Pour braver les assauts qui se présenteront,
Il faut un voile aux yeux, ou bien un casque au front ;
Il faut souvent marcher la visière baissée,
Il faut savoir souvent déguiser sa pensée ;
Quand les notes d'amour en nous chantent en chœur,
Il faut voiler les sons de l'orchestre du cœur.

Et l'enfant, moins que l'homme, a besoin de mystère ;
L'un apprend à parler, l'autre apprend à se taire ;
Celui que nous nommons pur et franc comme l'or,
Vrai parmi les plus vrais... est un trompeur encor ;

Et malgré soi chacun étudie et compose
Son regard, son maintien, son langage ou sa pose ;
Il n'est pas dans ce monde , excepté devant Dieu ,
De cœur qui sans mentir ne mente presque... un peu !

PRÈS DU BERCEAU DE G.....

~1~

Madame sainte Geneviève,
Vous, bergère aux divins signaux,
Gardez la jeune fille d'Eve,
Comme vous gardiez vos agneaux ;
Et pour que l'enfant marche et reste
Jusqu'au bout dans le bon chemin,
De votre quenouille céleste
Attachez un fil à sa main.

Dors, ma petite Geneviève,
Par ta patronne je prédis

Que tu vas revoir dans ton rêve
Ton bon ange du paradis.
Puis , au réveil , ma blanche et blonde ,
Des sourires t'accueilleront,
Et tes bons anges de ce monde
Sur leurs genoux te berceront.

Chacun avec amour t'enlève
Dans ses bras , et dans ton berceau
Tu te balances , Geneviève ,
Comme l'ange et comme l'oiseau ;
Et comme l'oiseau, comme l'ange,
Cher être du ciel envoyé,
Sur notre terre et sur sa fange
Tu ne reposes pas ton pié !...

DEUX SŒURS

DIX ANS APRÈS LA MORT DE LEUR MÈRE.

Si quelque chose ici peut adoucir l'absinthe
Dont s'abreuvent les cœurs que la mort a blessés,
C'est de pouvoir penser qu'au ciel on a pour sainte
    La mère qui nous a bercés ;

C'est de suivre toujours ses traces angéliques,
D'aimer tous les objets qu'elle laissa chez nous,
Et chaque soir, devant ces pieuses reliques
    De se prosterner à genoux ;

3

C'est dans l'affreux chagrin d'un malheur sans mesure,
De trouver dans un père un cœur tout maternel,
Et d'apprendre de lui la route étroite et sûre
    Qui mène de la terre au ciel ;

C'est d'aller à l'église ensemble, les dimanches,
De revenir après frapper au même seuil,
Et c'est d'avoir porté les mêmes robes blanches
    Et la même robe de deuil ;

C'est, choisissant l'instant où nul ne nous regarde,
Et prodiguant le prix par des succès gagné,
D'aller distribuer, de mansarde en mansarde,
    L'argent en secret épargné ;

C'est, sur deux tabourets de hauteurs différentes,
Du clavier à ses doigts d'apprendre les chemins,
Et de faire partir, dans les tables vibrantes
    Le même accord, sous quatre mains ;

C'est de sentir au cœur monter la même séve,
Marcher le même pas, vouloir le même vœu ;
Aimer le même amour, rêver le même rêve,
     Et puis, jouer le même jeu ;

C'est enfin, depuis l'aube où renaît la lumière,
De trouver jusqu'au soir d'ineffables douceurs
A s'unir dans les jeux, l'étude et la prière,
     En se disant : Nous sommes sœurs !

LA PLUME ET L'AIGUILLE.

Toutes deux légères et lestes,
L'aiguille et la plume sont là ;
Examinons les faits et gestes
De celle-ci , de celle-là.

La plume rehaussa la gloire
Du règne de Louis le Grand,
Et l'aiguille illustra l'histoire
De Guillaume le Conquérant.

La plume a dit à d'autres règnes
Fontenoi, Bouvine, Austerlitz ;
Et l'aiguille sur nos enseignes
A mis des Aigles et des Lys.

L'aiguille avec persévérance
Habille de pauvres enfants,
Et la plume annonce à la France
Que ses soldats sont triomphants.

Depuis deux cents ans, par Molière,
La plume fait vivre Scapin ;
Et l'aiguille d'une ouvrière
Est chaque jour le gagne-pain.

L'aiguille à l'épouse nouvelle
Attache la fleur d'oranger,
Et la plume à deux cœurs révèle
L'amour qui ne doit pas changer.

Toutes les deux pour le ménage
Semblent entre elles faire assaut ;
L'une signe le mariage,
Et l'autre brode le trousseau.

Puis arrivent garçon et fille ;
Et la mère toujours veillant
Fait aimer la plume et l'aiguille,
Et le travail... en travaillant.

NE PAS CHERCHER AU LOIN CE QUE L'ON A CHEZ SOI.

Que trouve-t-on par monts et plaines,
Lorsque du globe on fait le tour ?
Peu de plaisirs pour bien des peines,
Cent jours mauvais pour un beau jour !

Heureux celui qui sur la terre
N'a d'autre amour qu'en sa maison,
Et dont la soif se désaltère
Dans la coupe de la raison !

Qui ne prend rien avec délire,
Use de tout, sans abuser ;
Et qui souvent même a su dire :
C'est ennuyeux... de s'amuser !

Lorsque l'on s'abstient, par le jeûne,
Des précoces moments joyeux,
On n'est pas trop jeune étant jeune,
Et pas trop vieux, quand on est vieux.

Par excès d'élan on évite
Souvent le but qu'on va chercher ;
Enfants, ne courez pas si vite,
Et vieillards, vous pourrez marcher.

Je sais que ce conseil s'envole,
Qu'il passe, qu'il n'en reste rien ;
On approuve cette parole,
Et l'on se dit tout bas : C'est bien !...

Mais d'une voix enchanteresse
Dans les airs on entend le son ;
On écoute... C'est la Jeunesse
Qui chante sa belle chanson.

La joie en ses yeux semble éclore ;
Elle répand à pleines mains,
Pendant son règne d'une aurore,
Des roses sur tous nos chemins.

Cette souveraine légère
A tout son royaume enchanté
Donne la gaieté passagère,
Et promet la félicité.

Pour trouver ce vrai bien, dont l'homme
En secret est toujours épris,
Jeune, on va de Paris à Rome,
On revient de Rome à Paris.

Mais le bonheur, d'humeur tranquille,
Ah ! croyez-moi, n'est pas pour ceux
Qui le cherchent de ville en ville ;
Il est chez vous... le paresseux !

LE CHIEN D'ORIO.

Au bord des flots, à l'heure où le soleil s'éteint,
Au fond d'un pavillon de style byzantin,
Une femme, ses traits qu'un long deuil décolore,
Ses grands yeux bleus cernés d'un bleu plus sombre encore,
Ses cheveux, échappant à leur lien de fleurs,
Pour sécher sur son cou l'humidité des pleurs ;
Un éventail flottant dans les mains d'une esclave,
Et jetant à son front une fraîcheur suave,
Un luth qui dès longtemps n'avait été touché,
Un grand lévrier blanc à ses genoux couché ;

Ce beau chien, d'Orio c'était le chien fidèle,
Et cette femme était... Giovanna la belle !

D'un murmure léger au loin l'air a frémi,
Et le grand lévrier qui semblait endormi
Se lève, et va poser, tremblant dans tout son être,
Ses pattes de devant au bord de la fenêtre ;
L'œil ouvert, le nez haut et le flanc haletant,
Il écoute le bruit que personne n'entend ;
Ses plaintes sourdement au vent sont adressées ;
Il demeure debout les oreilles dressées.
— « Est-ce ton maître ? » alors lui dit Giovanna.
Vers elle tout à coup le chien se retourna,
Et repoussant trois fois l'air des brises marines,
Un long gémissement sortit de ses narines.
— « Ah ! c'est lui, » reprit-elle, et son bras s'étendit
Sur l'animal fidèle ; et tout bas elle dit :
Pauvre chien ! son instinct fait tort à bien des âmes,
Il reconnaît son maître au seul bruit de ses rames,
Il distingue, le soir, derrière ce rocher,
Si la barque s'éloigne ou tend à s'approcher...
Depuis qu'avec dédain son maître le repousse,
Il est triste et se plaint ; mais sa plainte est si douce,

Que tout autre que moi ne la comprendrait pas;
Et cherchant la douleur, il s'attache à mes pas.

Comme moi, ce bon chien a perdu son empire,
Comme moi, tout le jour il est triste et soupire,
Comme moi, d'un vain bruit il se sent alarmé,
Comme moi, malheureux, il sait qu'il fut aimé!

MÉDAILLONS.

PHYSIONOMIES ET CARACTÈRES DE FEMME.

ENVOI.

Plus fugitif qu'une chimère,
Ceci n'est qu'un son éphémère,
Un accord, un parfum, un jeu,
Un caprice, une fantaisie...
Seulement de la poésie;
Et c'est beaucoup, ou c'est bien peu!

I.

UNE FEMME A GENOUX.

Avant l'heure de la prière,
Elle est à genoux sur la pierre ;
Vers le tabernacle immortel
Son front en adorant se penche,
Son âme pure est aussi blanche
Que les lys qui parent l'autel.

Et cependant, presque à voix haute,
On l'entend dire : C'est ma faute !
Qu'a-t-elle fait ? — Dans son chemin,

Du pauvre elle a cherché la couche,
Avec des pardons sur sa bouche,
Et des aumônes dans sa main.

Elle s'occupait d'œuvre pie,
Quêtait, faisait de la charpie;
Priant matin, travaillant tard,
Le seul devoir était sa charte;
Elle avait pris la part de Marthe,
Sans laisser la meilleure part.

Elle était, quand venait décembre,
Le feu qui réchauffait la chambre;
Le pain blanc, au lieu du pain noir;
C'était le baume à la souffrance,
Et c'était toujours l'espérance
De ceux qui n'avaient plus d'espoir.

Mais un jour, artiste inspirée,
Elle fut d'orgueil enivrée;
Son chant partait, brillant et prompt,

Et nos cœurs tremblaient en délire,
Comme les cordes sur sa lyre
Et comme les fleurs sur son front.

Son élan passait dans notre être ;
Sur nous elle régnait en maître,
Plus que les reines et les rois ;
Voilà pourquoi presque à voix haute,
On l'entend dire : C'est ma faute !
A genoux au pied de la croix.

II.

UNE FEMME DEVANT SON MIROIR.

Plus femme que toute autre femme,
Elle tremble comme la flamme
Au moindre souffle du zéphir,
Et donne tout, son cœur, son âme,
A son caprice, à son plaisir.

Elle aime mille bagatelles,
L'or, les bijoux et les dentelles ;
Mais ce qu'elle aime encore mieux
Que les parures les plus belles,
C'est son miroir... devant ses yeux.

C'est là qu'en extase elle reste,
Qu'immobile, et sans faire un geste,
Elle sourit en admirant
Ses yeux d'une couleur céleste,
Ses cheveux d'un brun transparent.

Elle sourit ; mais vienne encore
Une année, un jour, une aurore,
Son visage se flétrira,
Et sur ce miroir qu'elle adore,
Plus d'une larme tombera.

Les sourires fuiront loin d'elle,
A moins que son ange fidèle,
Seul confident de ses douleurs,
Ne vienne du bout de son aile
En secret essuyer ses pleurs.

Tout change alors ; — la plus coquette,
A la beauté qu'elle regrette,
Courageusement dit : Adieu,
Et sait oublier sa toilette,
Pour plaire encor... mais plaire à Dieu.

III.

LA FEMME ÉLÉGANTE.

L'élégance! c'est l'aile blanche
Du cygne qui glisse sur l'eau,
Le balancement de la branche
Du sycomore ou du bouleau ;
C'est une grâce souveraine,
Un incomparable pouvoir
Que peut n'avoir pas une reine
Et qu'une esclave peut avoir.

Exerçant un magique empire
Sur tout ce qui peut l'approcher,

Une femme élégante attire
Tous les regards sans les chercher ;
Elle fixe les goûts mobiles
Des changeantes frivolités ,
Et trouve dans ses mains habiles
Des magasins de nouveautés.

Elle ignore ce mot commode,
Ce mot de tous et de chacun,
Ce mot bourgeois : c'est à la mode ;
C'est-à-dire : c'est très-commun !
Négligeant franges et dentelles,
Et se fiant à sa beauté,
Elle a la parure des belles,
La grâce et la simplicité.

Cette femme au charme invincible,
Fière de ce don passager,
Y songe beaucoup, c'est possible,
Mais n'a jamais l'air d'y songer.
Comme l'artiste et le poëte
Elle brûle du feu sacré,

Et sa démarche et sa toilette
Ont quelque chose d'inspiré.

Parmi celles qui sont soumises
A toute mode du moment,
Celles qui sont richement mises,
Et mal mises parfaitement,
Il en est une, une entre mille,
Objet d'un culte universel,
A qui tout art est inutile,
En qui tout charme est naturel.

Cette séduisante attitude,
Ce regard vif qui vous atteint
Est pour la coquette une étude,
Et pour l'élégante un instinct.
Voulez-vous des victoires sûres,
De grands triomphes mérités ?
Ne vous chargez pas de parures
Et parez ce que vous portez.

IV.

UNE GRANDE DAME

PORTANT UNE GRANDE DOULEUR DANS LE GRAND MONDE.

Ecoutez, regardez : elle est belle et parée ;
On ne se doute pas, à l'entendre, à la voir,
Que par d'affreux malheurs son âme est déchirée ;
Elle semble jouer avec le désespoir.

Sous ses larmes sans cesse un sourire se pose ;
C'est comme un crêpe noir tout émaillé de fleurs,
Un bouquet de cyprès que noue un ruban rose,
Un rossignol chantant dans des saules pleureurs.

Pourquoi cacher ainsi sa blessure profonde ?
Pourquoi tant de douleur et de frivolité ?
C'est qu'elle est grande dame, et que la loi du monde
La condamne au plaisir à perpétuité.

Pourtant, après la fête, elle peut, pauvre femme,
En secret dépouiller ses riches ornements,
Laisser de longs soupirs s'échapper de son âme,
Et répandre des pleurs sur ses beaux diamants.

Mais bientôt, et malgré le mal qui la dévore,
Les fêtes reprendront leur cours habituel ;
Dans le monde il faudra demain sourire encore...
Oh ! que la joie est triste et le plaisir cruel !

V.

LA FEMME AUX PRÉTENTIONS D'ARTISTE.

Cette femme qui marche au hasard dans la brise,
C'est la femme rêveuse et la femme incomprise,
Qui de l'amour du cœur n'ayant pas eu sa part,
S'est fait un autre amour, nommé l'amour de l'art ;
De l'art toujours chez elle, en elle, en son costume,
Et l'on en trouve aussi quelquefois sous sa plume.

Des gerbes du poëte en glanant des épis,
Elle fait aisément d'assez bons vers ; — tant pis !
Car une vérité des plus incontestables,
C'est que d'assez bons vers sont des vers détestables.

5

La prose a pour sa voix de trop hautes leçons,

Et de la poésie elle aime les chansons ;

Elle aime qu'en public on l'appelle : la Muse.

Loin de la poésie aucun jeu ne l'amuse,

Et tout plaisir lui semble insipide et trop long,

S'il n'est accompagné des concerts d'Apollon.

Il faut que de laurier sa couronne soit faite ;

Il faut, lorsque à Paris elle donne une fête,

Qu'en ses riches salons dorés, brodés, sculptés,

On ne puisse trouver que des célébrités ;

Et quand de ses élus elle revoit la liste,

Elle ôte un nom d'ami pour mettre un nom d'artiste.

La brochure nouvelle et le drame nouveau

Suffisent pour remplir et troubler son cerveau.

A nulle chose d'art elle n'est étrangère;

De petits bustes blancs couvrent son étagère,

Et plusieurs invités, poëtes ou savants,

Peuvent se reconnaître en ces plâtres vivants.

De musique, de vers, de parure occupée,

Elle prend une lyre, un livre, une poupée,

Un album , un ruban , une fleur ; et toujours
De ces charmants objets poétise ses jours.
Avec son double instinct de femme et de poëte ,
On dit qu'elle est un peu pédante , un peu coquette ,
Et que dans son alcôve , elle-même , le soir ,
Cache un dictionnaire à côté d'un miroir.

VI.

UNE FEMME AU BALCON.

Oh ! que j'ai vu de fleurs sur les balcons moresques,
De tiges se croisant en minces arabesques,
De roses retombant sur les vases d'émail,
Et de jasmins montant aux treillis du sérail !
Que j'ai vu d'ananas, d'oranges et de pêches !
Mais jamais fruits plus beaux et jamais fleurs plus fraîches
Que cette jeune femme au corps souple et penché,
Qui garde à sa fenêtre un lévrier couché,
Lui parle d'une voix dont le son nous attire,
Et qui tient dans sa main un livre ouvert... sans lire.

Oh ! ce n'est pas assez pour cet œil au long cil,

Pour cet ovale pur, pour ce charmant profil,

Pour cette tête blonde et cette âme coquette,

Oh ! ce n'est pas assez qu'une gloire discrète ;

Il lui.faut des transports longs et retentissants ;

Il lui faut comme aux rois l'hommage des passants ;

Il lui faut le balcon et la place publique,

Pour montrer sa parure et sa grâce angélique,

Pour passer doucement, comme un brillant collier,

Son bras d'albâtre autour de son beau lévrier,

Pour faire entendre un mot qui le gronde ou le flatte,

Pour lui dire : Couché ! debout ! donnez la patte ;

Et dans ce doux langage on sent qu'elle dit bien :

Regardez-moi... plutôt que : Regardez mon chien.

VII.

BLONDE ET BRUNE.

On dirait que l'azur du firmament s'inonde
Des clartés du matin et des lueurs du soir,
Lorsque l'on voit auprès d'Antonine la blonde
    La jeune Amélie à l'œil noir.

On dirait d'un rameau les branches gracieuses
Balançant dans les airs deux différentes fleurs,
Ou sur un anneau d'or deux pierres précieuses
    Jetant des feux de deux couleurs.

On dirait un manteau de satin et d'hermine
A côté d'un manteau de martre et de velours,
Et l'on voudrait, séduit par leur grâce divine,
    Avoir deux cœurs pour deux amours.

VIII.

LES JEUNES FEMMES SOUFFRANTES.

Connaissez-vous ce mal cruel
Qui nous accable et nous obsède,
Ce mal affreux et pour lequel
Le grand monde est le seul remède ?

On est souffrante dans la nuit,
Et souffrante quand on s'éveille ;
Le jour on souffre au moindre bruit,
Et le soir... on est à merveille.

La toilette, le jeu, le bal,
Le spectacle, la sérénade
Dissipent tout à coup ce mal
Dont une femme est si malade !

IX.

UN DÉMON QU'ON APPELLE MON ANGE.

Rencontrer au tournant d'un chemin qui dévie
Quelqu'un vous demandant ou la bourse ou la vie,
C'est affreux! Mais il est bien plus affreux d'avoir
Pris pour femme un démon qu'on appelle mon ange,
Et dont l'amour vous fait, par un non-sens étrange,
Tendrement enrager du matin jusqu'au soir.

X.

CAPRICIA.

Qui peindrait cette jeune blonde,
Peindrait le bruit, l'élan, l'éclair,
La mobile vapeur de l'onde
Et la transparence de l'air.

Le hasard dans le crépuscule
Dirige ses pas et sa voix ;
Elle est comme une somnambule
Qui marche la nuit sur les toits.

Sa vague pensée est un rêve,
Et sa vie un demi-sommeil.
Comme une jeune fleur, sa séve
Semble attendre un peu de soleil.

On ne sait si c'est un mystère
Ou d'indifférence ou d'amour,
Si c'est le ciel, si c'est la terre,
Si c'est la nuit, si c'est le jour.

On ne sait si la girouette
Tourne plus qu'elle au moindre vent ;
On ne sait si, sainte ou coquette,
Elle rêve monde ou couvent.

Tantôt en extase elle tombe,
Puis son pied bondit sur le sol,
Et l'on croirait qu'une colombe
Légère et blanche prend son vol.

Ne l'arrêtez pas au passage :
Oiseau, qu'elle aille on ne sait où ;
Car en la voyant, le plus sage
Peut aisément devenir fou.

L'amour, sitôt qu'elle fut née,
Avec elle s'associa.
Elle plaît ; c'est sa destinée,
Et son nom est : Capricia.

XI.

LES FEMMES AUTEURS.

Nous étions en famille, entre nous, portes closes,
Et causant ou rêvant un peu de toutes choses ;
Un livre tout nouveau, mais de ceux toujours lus,
Etait là, près de nous, comme un ami de plus ;
Et par enchantement nous nous sentions revivre
D'une plus jeune vie, aux pages de ce livre.

Cet ouvrage charmant, d'où peut-il nous venir ?
Si c'est d'un grand artiste, il a su réunir
La grâce et la vigueur que l'art parfait exige ;
Mais si c'est d'une femme... alors c'est un **prodige !**

6

Et voilà justement le prodige arrivé ;
Voilà qu'en nos salons brillants, il s'est trouvé
Une femme, entourant d'ombre et de solitude
Ses plus chères amours, la prière et l'étude.

Ses regards vers le ciel incessamment tournés,
D'un céleste rayon semblent illuminés.
Sa voix a des accents dont le charme fascine,
Sa plume est un pinceau qui colore et dessine ;
De tout savoir humain atteignant la hauteur,
Elle chante en poëte et parle en orateur ;
Son style donne un corps à la vapeur d'un rêve,
Et sous sa main savante un monument s'élève,
Comme un temple, à la fois idéal et réel,
Construit par Michel-Ange et peint par Raphaël.

O noble dame, allez, et que Dieu vous soutienne ;
Passez dans nos chemins, ô vous, muse chrétienne ;
Et, lorsque vous verrez que notre foi s'endort,
Ouvrez-nous les feuillets de votre livre d'or ;
Dites-nous les amours des légendes naïves,
Qui ramènent au cœur les vertus primitives,
Et qui dans nos cités ainsi que dans nos champs,
Rendent les bons meilleurs, les mauvais moins méchants.

Mais pour qu'une femme ose écrire un grand ouvrage,

Il lui faut des héros surpasser le courage.

Dans ce rude sentier marchez, n'écoutez pas ;

Car le bruit de ce monde arrêterait vos pas ;

Ce monde vous dirait qu'une femme n'est faite

Que pour montrer sa grâce au milieu d'une fête ;

Pour dire, et dire mieux , tout ce que chacun dit ;

Elle parle ; on écoute, on loue, on applaudit ;

Mais sitôt qu'elle écrit et sitôt qu'on l'imprime,

Son esprit est un tort, et son génie un crime.

Ce crime , je le trouve aisément de mon goût,

Et ne puis le blâmer quand la gloire l'absout.

J'en atteste Sapho, cette héroïque Hellène,

Belle enfant de Lesbos, muse de Mytilène,

Qui vint précipiter, suspendant ses sanglots,

Sa lyre , son amour et son corps dans les flots ;

La dame de Vallon , Clotilde de Surville ;

Françoise de Bertaut , dame de Motteville ;

L'inimitable auteur du chef-d'œuvre signé

De ce nom deux fois grand , Chantal de Sévigné ;

Staël, ce premier rayon de l'aube romantique,

Et l'immortel écho de la Corinne antique ;

Marguerite, la sœur du plus séduisant roi,
Et vingt autres encore !... A présent, dites-moi
Si dans les temps passés et les temps où nous sommes,
Comme ces femmes-là vous trouvez beaucoup d'hommes?

L'homme dans son génie a plus d'étude et d'art,
La femme plus d'élan, d'imprévu, de hasard ;
Ils ressentent tous deux l'influence divine ;
Mais ce que l'homme apprend, la femme le devine ;
Il faut que sur un livre un docte front penché
Découvre le vrai sens dans chaque mot caché,
Et que l'artiste jeune, inspirée et distraite,
Ne demande qu'au ciel les secrets du poëte.
Aussi mon cœur déteste, et Dieu seul sait combien
Celles qui savent tout, ceux qui ne savent rien,
Et met au premier rang des choses décevantes
Les hommes ignorants et les femmes savantes.

XII.

LES FEMMES CHRÉTIENNES.

Les cieux dévoilant leur mystère,
Nous apprennent qu'il est réel
Que des femmes quittent le ciel
Pour venir à nous sur la terre.

Elles voudraient cacher en vain
Leur surnaturelle origine ;
En elles l'ange se devine :
On sent le messager divin.

N'importe où l'on les voit paraître,
A la cour et dans les palais,
Sous le chaume et dans les châlets,
Partout on peut les reconnaître.

Sur leur front pur la vérité
Jette un reflet de sa lumière ;
Sur leurs lèvres est la prière,
Et dans leurs mains la charité.

Dieu mit la beauté dans les âme ;
Les attraits par l'art préparés
Ne sauraient être comparés
Au charme de ces saintes femmes.

On croirait aux jours douloureux
Les voir avec leurs blanches ailes ;
Et nos moments les plus heureux
Sont ceux que nous passons près d'elles.

Elles sont toujours jeunes ; — mais
Elles ont trente ans, davantage,
Et peuvent avancer en âge
Sans devenir vieilles jamais.

LA STATUETTE.

Nous voulons cette taille en une statuette ;
Nous voulons cette voix dans l'argile muette ;
Nous voulons de ces traits le contour enchanteur ;
Il faut le corps et l'âme ! — A l'œuvre donc, sculpteur !
Saisis avec amour de tes mains créatrices
Tous les secrets de l'art, ses charmes, ses caprices ;
Trempe au feu le plus pur l'acier de ton ciseau,
Donne-lui la souplesse et l'élan de l'oiseau,
Afin de voir marcher la femme, ton modèle,
Afin que nous disions : C'est un abrégé d'elle,
Afin que nous voyions le chef-d'œuvre savant
S'animer du reflet du chef-d'œuvre vivant,

Et que nous puissions tous , sur la petite planche,
Poser dans nos maisons la statuette blanche,
Comme une image sainte, invoquée à genoux ,
Et dont les yeux toujours semblent veiller sur nous.

Autrefois on avait, dans sa bibliothèque ,
Les bustes de Platon , d'Homère , de Sénèque ,
Leurs vieux traits reproduits par le marbre ou l'airain,
Mille ancêtres fameux , pas un contemporain.
Aujourd'hui, par l'essor qu'a pris la statuaire,
Nous avons tous chez nous, comme en un sanctuaire,
Sculptés en miniature , et de la tête aux pieds ,
Les êtres à nos cœurs par de saints nœuds liés ,
Un aïeul , une mère , une sœur , une fille ,
Et dans ce cher musée , amour de la famille,
Les grands hommes du jour , des différents partis ,
D'autant plus ressemblants, qu'ils sont tous très-petits.
Petits... car on n'est grand qu'après sa dernière heure,
Et pour être immortel , hélas! il faut qu'on meure.
A ce prix voudrait-on voir grandir ses amis?
Non ; même ceux d'entre eux à la gloire promis,
Nous voulons qu'on les aime avant qu'on les regrette,
Et qu'avant la statue , ils aient la statuette.

ON PEUT TOUT OUBLIER.

On peut tout oublier : la fortune, la gloire,
Les succès, les revers, la joie et les pleurs ; — mais
Si vos traits ont été gravés dans la mémoire,
    C'est pour ne s'effacer jamais.

Partout où vous passez un parfum de vous reste ;
On entend un accord résonner sous vos pas ;
Une petite fleur d'un bleu tendre et céleste
    Dans vos yeux dit : N'oubliez pas !

Vous avez des accents dont l'harmonie enchante ;

On dirait tour à tour que la nature mit

Au fond de votre voix le rossignol qui chante,

    Et la colombe qui gémit.

Voilà pourquoi jamais en vain on ne réclame

Votre appui dans les bons et dans les mauvais jours,

Et pourquoi l'on vous aime, et pourquoi dans votre âme

    Nous trouvons un écho toujours.

MES PROJETS.

Quoique pensant toujours, du matin jusqu'au soir,
    Aux excellents absents que j'aime,
    Et disant sans cesse en moi-même :
Allons, préparons tout, partons, je veux les voir,

Tout m'arrête au départ : temps gris et barbe grise.
    Quand le projet que j'ai formé
    Est trop charmant et trop aimé,
Je suis sûr que jamais il ne se réalise.

Si le sommeil m'apporte un rêve qui me plaît ,

      Je pose aussitôt sur ma tête

      Un pot au lait comme Perrette,

Et le réveil toujours casse mon pot au lait.

SYMPATHIE.

Vous n'avez pas de vœux qui ne soient pas les miens ,
Je n'ai pas un bonheur qui ne soit pas le vôtre ;
Vous êtes à la fois tous mes maux et mes biens ,
Et nous fûmes créés à coup sûr l'un pour l'autre !

Si j'étais un chanteur , vous seriez ma chanson ;
Vous seriez mon vaisseau , si j'étais une voile ;
Si j'étais une fleur , vous seriez mon buisson ;
Et vous seriez mon ciel... si j'étais une étoile !

UNE JEUNE FILLE ARTISTE.

A Mlle A. DE M.

1840.

Empreint d'un sacré caractère,
Chargé d'un céleste secret,
De loin en loin, sur cette terre,
Un être élu nous apparaît.

Cet être, parfois, est un homme
Qui, marchant au bruit du canon,
Fait trembler l'Europe, et qu'on nomme
Empereur et Napoléon;

7

Parfois c'est la parole forte,
Glaive que rien ne fait ployer,
D'un orateur qui nous transporte,
Et que l'on appelle Berryer ;

Ou bien, c'est une voix qui jette
Dans les airs un mot cadencé,
Un rêveur sublime, un poëte,
Et qu'on appelle... un insensé ;

Ou, c'est d'une grâce enfantine
L'indéfinissable pouvoir,
Un tout jeune front qui s'incline
Sous un mystérieux savoir ;

Une enfant joueuse et petite,
Qui tout à coup semble grandir,
Qu'une secrète fièvre agite,
Qu'un intime élan fait bondir !

Quand , dans son œil rêveur et triste ,
Luit l'incomparable rayon
Qu'allume dans l'œil de l'artiste
Le feu de l'inspiration ;

Quand le clavier frémit et gronde ,
Comme l'orage, sous ses doigts ,
Ou qu'il soupire comme l'onde
Ou comme les feuilles des bois ;

La dentelle, l'or et la moire
Qui tombent de son bras charmant ,
Effleurent l'ébène et l'ivoire
De son magnifique instrument ;

Puis, tout émue, elle s'arrête ,
Et se dresse pour écouter
Des voix qui passent sur sa tête
Et qu'un accord va répéter.

La note court, tonne et pétille ;
On bat des deux mains, un cri part ;
Au regard de la jeune fille
Chacun attache son regard ;

Et dans l'atmosphère enflammée,
La jeune artiste, en triomphant,
Par son art même est transformée :
La muse a remplacé l'enfant.

On voit soudain au front d'élite
La couronne se dénouer ;
Et l'enfant, joueuse et petite,
Avec ses jouets va jouer.

LE MARÉCHAL DE BOUCICAUT.

L'enfant au siècle quatorzième
Naquit dans un jour de bonheur ;
Notre roi Charles, le sixième,
Le nomma son enfant d'honneur.

Il était d'un heureux présage,
Il était bel et gracieux,
Charmant de corps et de visage,
Et de cœur... peut-être encor mieux.

Et sitôt qu'il fut à l'école,
Il eut un don tout spécial
Pour le charme de la parole
Et le maintien seigneurial.

Tout enfant, il avait d'un brave
La démarche et la dignité,
Le ton bref, le sourire grave,
Le corps droit, la main au côté.

D'un casque et d'une bonne lame
Aussitôt qu'il s'était armé,
S'allait mirant comme une dame,
Tant de lui-même était charmé.

Donc lui ne s'inquiétait guère
Si l'on blâmait, si l'on louait ;
Mais pour toute chose de guerre ,
A tels jeux volontiers jouait.

D'amour, plus tard, eut fantaisie ;
Nul ne sut alors l'égaler
En airs coquets, en courtoisie,
En bien danser, en bien parler.

Il prit dame haute et fidèle,
Et tout ravi de sa beauté,
De mieux en mieux, pour l'amour d'elle,
Poussa vaillance et loyauté.

Au front de la chevalerie
Son bras fort savait guerroyer,
Et devant la vierge Marie
Son genou savait se ployer.

Pieux et brave à toute outrance,
Il obtint un rang immortel,
Sur terre, près du roi de France,
Et près du grand Saint-George, au ciel.

Depuis ce temps, tout preux désire
Le brillant renom de très-haut
Et très-puissant seigneur messire
Le maréchal de Boucicaut.

CHARLES-QUINT

AU COUVENT DE SAINT-JUST.

❧

« Il est nuit, et les vents roulent dans la campagne ;
Je frappe à votre porte, ouvrez, moines d'Espagne ;
Je veux me reposer au milieu de vous tous,
    Sans demander rien à personne,
    Jusqu'à ce que la cloche sonne
L'éternité pour moi... la prière pour vous.

» Les seuls biens que je veux d'une volonté ferme,
Vous pouvez les offrir, le cloître les renferme,
Et nul ne bénira plus que moi votre accueil,
    Si votre charité m'accorde
    Un habit de laine, une corde,
Et pour austère lit au dortoir... un cercueil.

» Pour que mon âme monte aux cieux plus haut que l'aigle,
Je veux courber mon corps ; pour ma loi, votre règle ;
Pour royaume, ces murs où nul bien n'est à soi ;
    Pour arme, le Christ à ma droite...
    Pour palais, la cellule étroite,
Et plus que la moitié du monde fut à moi !

» Je brise l'éperon, donnez-moi la sandale ;
Coupez tous les cheveux de ma tête royale ;
Ouvrez les deux tranchants des ciseaux longs et froids,
    Les ciseaux glisseront d'eux-mêmes,
    Sans s'ébrécher aux diadèmes
Que mon front fatigué jette au pied de la croix.

» Plus de pourpre à présent, mais une autre parure :

Le froc, le capuchon, la laine noire et dure ;

Les vivants ont parfois bien besoin des tombeaux ;

  On se meurt avant qu'on expire,

  Et l'empereur comme l'empire

Se déchirent ensemble et tombent en lambeaux. »

Pour le deuil d'un vivant les psaumes se chantèrent ;

Autour d'un grand cercueil des écussons portèrent

Le lion de Brabant qu'on ne peut approcher,

  Et l'aigle double d'Allemagne,

  Et le globe de Charlemagne,

Et le bandeau de fer qui dit : « Ose y toucher ! »

Des emblèmes... Mais là, pas un chef qu'on renomme,

Pas un seul serviteur, pas un seul gentilhomme ;

Car tous ils ont changé, lorsqu'a changé le sort ;

  Et dans Saint-Just rien ne rappelle

  Madrid, Augsbourg, Aix-la-Chapelle :

Nul reflet de la vie aux pompes de la mort.

L'office s'achevait dans l'église déserte,

Lorsqu'un moine sortit de la bière entr'ouverte,

Et dit en se dressant sous le noir baldaquin :

    « Vieux amis à courte mémoire,

    » Lâches courtisans de ma gloire,

» Vous avez fait défaut au deuil de Charles-Quint ! »

DÉCLARATION D'HENRI V D'ANGLETERRE A CATHERINE.

(SHAKSPEARE).

Ah ! si vous exigez que je fasse des vers,
Ou que ma voix se ploie à moduler des airs,
Qu'au bruit de vos accords mon pied s'élève ou glisse,
Harmonieusement que mon genou fléchisse,
Qu'on me nomme danseur ou poëte ; ma foi !
Je ne suis pas votre homme, et c'en est fait de moi ;
Car voyez : rien en moi n'est taillé pour la danse,
Et je n'ai pour les vers mesure ni cadence ;
Mais pour gagner le cœur d'une dame, s'il faut
Un visage sans grâce, une âme sans défaut,

Un cœur qui va tout droit et jamais ne chancelle,
Un guerrier tout armé qui d'un bond saute en selle,
Je suis prêt; me voilà !... Tenez, sans me vanter,
Nul autre près de vous ne peut m'épouvanter.
Oui, s'il faut seulement, pour pouvoir vous séduire,
Exciter mes soldats, dans le feu les conduire,
Faire rouler ma lance ou volter mon cheval,
Sur la terre, vrai Dieu ! je crains peu de rival !
Je n'ai pas de ces yeux dont le regard caresse,
Je ne récite pas des mots avec adresse :
Ma franchise dédaigne un langage coquet.
Qu'est-ce qu'un beau parleur? c'est un beau perroquet;
Et qu'est-ce qu'un discours? bruit d'eau pendant les crues;
Et qu'est-ce que les vers? une chanson des rues.
La langue peut enfin cesser de jacasser,
La jambe la meilleure enfin peut se casser,
La barbe la plus noire un jour deviendra blanche,
La taille la plus droite avec l'âge se penche,
Les plus saillants qu'ils soient les yeux se creuseront,
Et les cheveux bouclés des têtes tomberont.
Dons pâles et changeants, la lune est votre emblème;
Mais un cœur, un bon cœur, c'est le soleil lui-même,
Que dans sa marche rien ne saurait déranger,
Qui brille tous les jours, et ne peut pas changer.

Si tu veux ce qui monte et non pas ce qui rampe,
Si tu veux posséder un cœur de cette trempe,
Alors, sans hésiter, mon cher amour, prends-moi ;
Tu prendras un brave homme, un bon soldat, un roi !

UN MOT SUR SHAKSPEARE

ET

UNE SCÈNE DU MARCHAND DE VENISE.

Quand Shakspeare détend les cordes de sa lyre,
Sous l'inspiration d'un amoureux délire,
On ne croit plus entendre un lion rugissant,
Mais, près de sa colombe, un ramier gémissant.
Ecoutez Lorenzo, qui, prenant l'offensive,
Cherche à blesser le cœur de Jessica la juive,
Ecoutez Jessica, qui gronde Lorenzo
Avec un son de voix doux comme un chant d'oiseau.

8

Dialogue étonnant de verve et d'ironie ;

Dialogue inspiré par l'amour au génie.

Voyez-les évoquant avec malignité

Les héros de la fable et de l'antiquité,

Echangeant des regards d'une tendresse extrême,

Et se grondant beaucoup !... comme on fait quand on aime.

LE MARCHAND DE VENISE.

ACTE V. — SCÈNE I.

LORENZO et JESSICA causent ensemble dans l'avenue du château de Belmont, par une belle nuit d'été.

LORENZO.

Ce fut par une nuit semblable à cette nuit,

Quand les vents dans le ciel passaient doux et sans bruit,

Que Troïle, jadis, à sa douleur en proie,

Immobile et debout sur les remparts de Troie,

Se tourna vers le camp des Grecs, et regarda

Les tentes qui cachaient sa chère Cressida.

JESSICA.

Ce fut par une nuit à cette nuit semblable,

Que, sous ses pieds légers faisant voler le sable

Pour hâter le moment d'une douce union,
Thisbé sur le rivage aperçut le lion
Dont les ongles sanglants, la crinière mouvante
La firent tout à coup reculer d'épouvante.

LORENZO.

Ce fut par une nuit semblable à cette nuit,
A la même clarté de l'astre qui nous luit,
Que Didon autrefois, sur la rive penchée,
Agitant une branche au cyprès arrachée,
Par un geste éloquent, appelait chaque jour
Vers Carthage l'objet de son fatal amour.

JESSICA.

Ce fut par une nuit à cette nuit semblable,
Qu'usant de son pouvoir propice ou redoutable,
Choisissant le dictame au milieu du poison,
Pour parer de jeunesse encor le vieil Eson,
Dans des plaines de fleurs par Dieu même plantées,
Médée allait cueillir des herbes enchantées.

LORENZO.

Ce fut par une nuit semblable à cette nuit,
Que, sous l'astre rêveur dont l'éclat nous séduit,

La belle Jessica, par l'amour absorbée,
Sortit de la maison, seule, à la dérobée,
Et glissant dans la plaine ou gravissant le mont,
S'échappa pour aller de Venise à Belmont.

JESSICA.

Ce fut par une nuit à cette nuit semblable,
Que Lorenzo parlait de femme incomparable,
Et par mille serments à Jessica jurait
Qu'il n'avait qu'un unique amour, qu'il l'adorait,
Qu'à sa vie elle était plus que l'air nécessaire ;
Et de tous ses serments, aucun n'était sincère.

LORENZO.

Ce fut par une nuit semblable à cette nuit,
Que, cédant au démon jaloux qui la poursuit,
Jessica, d'une voix cruelle mais touchante,
Jessica la gentille, hélas ! et la méchante,
Tint sur moi des propos que l'amour condamna,
Et qu'à force d'amour, mon cœur lui pardonna.

.   .   .   .

.   .   .   .

C'est ainsi que leur cœur ramène, en leur mémoire,
Les rêves de la fable ou les faits de l'histoire,
Et rattache, des temps en remontant le cours,
Les amours d'autrefois à leurs jeunes amours.
Mais des chanteurs errants par cette nuit si belle,
De ces amants boudeurs suspendent la querelle.
Sans cela, se flattant d'un triomphe incertain,
Lui se croyant vainqueur, elle victorieuse,
Ils auraient prolongé tous deux jusqu'au matin
Cette lutte d'amour tendre et mystérieuse.

UNE FILLE DE ROI.

BALLADE.

-◁ ▷-

I.

Avez-vous, quand la lune monte
Et blanchit la tour du beffroi,
Avez-vous ouï, serf ou comte,
Ce qu'une chronique raconte
Touchant une fille de roi?

Avez-vous cru voir dans la brise
Son vieux père aux jeunes élans,
Dont l'âme était de gloire éprise,
Et dont la barbe devint grise
Au milieu des combats sanglants?

Avez-vous rêvé quelque chose
De ravissant dans le sommeil :
Jeune visage , noble pose,
Bouche rose comme la rose,
OEil brillant comme le soleil ?

Avez-vous vu sur la montagne
Une tour qu'un rempart défend,
Où le vieux guerrier sans compagne,
Avant sa dernière campagne,
Fit enfermer sa belle enfant ?

Les yeux ouverts dans leur guérite,
Des gardes veillaient à l'entour ;
Toute entrée était interdite,
Et porte grande ni petite
Ne menait à la vieille tour.

Cette tour, dont les crénelures
Répandaient au loin de l'effroi,
Construite d'airain sans soudures,
De fer froid et de pierres dures,
Ressemblait à l'âme du roi.

II.

D'acier la poitrine bardée,
Le vieux guerrier part, étant sûr
Que si sa vie est hasardée,
Du moins sa fille est bien gardée,
Dans l'épaisseur du triple mur.

Tout semble donc perdu pour elle ;
Mais sa voix douce en son exil,
Comme un soupir de tourterelle,
Disait à travers la tourelle :
« Mon libérateur viendra-t-il ? »

Une mélodie enivrante
Vers la tour alors s'éleva,
Et parmi la vapeur errante,
Du fond de la plaine odorante,
Jusqu'au cœur malade arriva.

Des accents qui charmaient l'oreille
Disaient : « Mon amour est à toi ;
» N'attends pas que l'aube s'éveille ;
» Il est nuit, tout dort, et je veille ;
» Descends, descends, fille de roi ! »

L'écho répète à la captive
Ce doux appel inattendu ;
Et le corps penché sous l'ogive,
Sa voix répond, faible et plaintive...
Son cœur plus haut a répondu.

« Oh ! qu'entends-je ? mon Dieu ! dit-elle ;
» Qui donc pour moi, lorsque tout dort,
» Veille au pied de la citadelle ?
» Oui, c'est lui, c'est lui qui m'appelle ! »
Et sa main prend ses ciseaux d'or.

Puis, la royale enfant adresse
Au ciel, en tremblant, tous ses vœux,
Et ses doigts font avec adresse,
Boucle à boucle, tresse par tresse,
Un cordon de ses longs cheveux.

A des nœuds plus doux que la soie,
Légère, elle se suspendit ;
Et par l'aérienne voie,
Pleine de frayeur et de joie,
Jusqu'à terre elle descendit.

C'était sur les bords de la Loire ;
Un sombre chevalier jeta
Autour de ses membres d'ivoire
Une flexible armure noire,
Et sur son cheval l'emporta.

III.

Nul ne sut leur sort... trône ou tombe ;
Et l'on crut voir à la pâleur
De la clarté qui le soir tombe,
Un aigle prendre une colombe,
Un orage prendre une fleur.

Sachons donc, pour garder nos filles,
Que les jeux innocents et doux,
Le saint exemple des familles
Valent cent fois mieux que les grilles
Et la consigne des jaloux.

IV.

Le vieux roi dans ses destinées
Put encor, en ses jours trop longs,
Voir les fleurs fraîches et fanées,
Les jours, les mois et les années ;
Jamais sa fille aux cheveux blonds !

Et quand de sa voix les sons mâles
S'éteignirent en l'étouffant,
Ses soupirs et ses derniers râles,
Faisant trembler ses lèvres pâles,
Appelaient encor son enfant.

V.

Aujourd'hui dans cette demeure
Un royal fantôme apparaît,
Et chaque soir à la même heure
La même voix gémit et pleure,
Comme autrefois le roi pleurait.

Aujourd'hui, quand sous le vieux lierre
La brise nocturne bruit,
Une voix douce et prisonnière
Jette toujours une prière
Dans le silence de la nuit.

Aujourd'hui, là-bas passe encore
Un guerrier sur son palefroi ;
Son chant, qui dans l'air s'évapore,
Dit, entre le soir et l'aurore :
« Descends, descends, fille de roi ! »

LE VIEUX ROI.

ANCIENNE BALLADE.

—∘—

Il était un vieux roi : ses cheveux blanchissaient,
Et de ses yeux les ans avaient éteint la flamme,
Et sous son corps pesant ses genoux fléchissaient,
Et le pauvre vieux roi prit une jeune femme.

Il était un beau page : un pur et noble sang
Comme un torrent de feu circulait dans sa veine,
Et le page léger portait en rougissant
Les longues franges d'or du manteau de la reine.

Le palais tout à coup fut en deuil : — et bientôt
On vit sortir le roi dans un noir équipage.
Pendant trois jours on dit tout bas : « Ils s'aimaient trop ! »
Et l'on ne parla plus de la reine et du page.

SAINT-JAMES.

PAVILLON BEAUCHESNE.

Saint-James, doux réduit à deux pas de la ville,
Cher asile, abrégé des merveilles de l'art,
Feuillet qu'aurait signé le sire de Joinville,
Livre qu'aurait écrit le chroniqueur Froissart.
Au dehors, au dedans noble et sainte féerie ;
Les croix et les drapeaux à l'entour des piliers,
Et dans les murs : Bayard, François Premier, Marie,
        La madone et les chevaliers.

Les vitraux colorés que le jour illumine,
Les membres tortueux des siéges grands et lourds,
Les corcelets d'acier près des manteaux d'hermine,
Les éperons froissant les tapis de velours.

9

On dirait qu'en ce lieu Berthe tient sa quenouille ;
On dirait, pour son fils, outre-mer guerroyant,
Que Blanche de Castille est là, qui s'agenouille,
    Les yeux fixés vers l'Orient.

Tandis que des aïeux nous désertons la trace,
Tandis qu'à chaque pas de sentier nous changeons,
Tandis que nous chassons nos rois de vieille race,
Et que le temps détruit nos tours et nos donjons,
Du présent au passé tu ressoudes la chaîne,
Et nos débris sacrés se relèvent, dit-on,
Au bruit harmonieux de tes beaux vers, Beauchesne,
    Beauchesne, poëte breton.

Si la fidélité nous devenait plus rare,
Si l'inspiration s'arrêtait dans son vol,
Si le langage pur redevenait barbare,
Si nos vieux monuments disparaissaient du sol,
Pour remonter aux jours de notre belle histoire,
Au fond de la Bretagne on trouverait encor
Les truelles de fer, les tablettes d'ivoire,
    Les plumes et les lyres d'or.

SUR LE PORTRAIT D'UN ENFANT.

Jeune enfant peint debout dans la forêt royale,

Comme un cerf arrêté tout à coup dans son bond ;

    C'est bien ta pose fière et mâle,

    C'est bien ton regard tendre et bon.

Ouvre au souffle du ciel ta lèvre et ta narine,

Et sous la voûte verte et la voûte d'azur,

    Ne laisse entrer dans ta poitrine

    Et dans ton âme, qu'un air pur.

Ah ! ce n'est pas pour rien qu'une mère parfaite
A fait placer, avec un amour surhumain,
    Une patronne sur ta tête,
    Une barrière sous ta main.

La patronne te dit qu'il faut que tu l'imites,
La barrière t'apprend à ne jamais fléchir,
    Et surtout qu'il est des limites
    Que tu ne dois jamais franchir.

Reste donc, cher enfant, avec l'aplomb des braves,
Toujours à la barrière où déjà tu te tiens ;
    Les barrières sont des entraves,
    Elles sont aussi des soutiens !

À UNE VIEILLE SERVANTE.

Au bruit de mon retour prochain , on me confie
Que vous avez battu des mains , bonne Sophie ;
Ah ! vous avez raison, ma bonne ! et c'est devoir ,
Entre amis comme nous, d'applaudir le revoir.
Vous mettrez mon couvert sur votre nappe blanche ;
Quel jour ? Je ne sais pas ; ce doit être un dimanche,
Un jour où la forêt d'un plus beau vert se peint,
Où l'on va tous ensemble à l'église , un jour saint !

Nous ne changeons pas, nous, comme de certains êtres ;
Nous servons, vous et moi, fidèlement nos maîtres ;
Il nous en reviendra de grands profits, ou rien,
Mais quelque chose au cœur nous dit tout bas : « C'est bien ! »

UNE PETITE SOIRÉE.

—<⋅ ⋅>—

« Depuis qu'abandonnant ma paresseuse idée,
» A rouvrir mon salon je me suis décidée,
    » Pour venir chez moi l'on m'écrit
    » Les demandes les plus pressantes.

    » Je ne veux que des gens d'esprit
    » Et que des femmes ravissantes.

» Croyez-vous que ce sera bien ?
» Répondez-moi dans la seconde. »

— Je crois que c'est le bon moyen
De n'avoir pas beaucoup de monde.

IL NE FAUT PAS HANTER MAUVAISE COMPAGNIE.

J'ai rencontré quelqu'un comme peu l'on en voit ;
Croyez-en mon récit, quelque étonnant qu'il soit !
Il avait... je l'ai vu ; ma parole est intègre ;
Il avait un côté du visage tout noir ,
Et l'autre était !... allons, vous voulez le savoir ;
Eh bien ! il était noir aussi ; c'était un nègre !
Ce nègre qu'on avait en Europe apporté ,
Voulant respirer l'air dont le souffle protége ,
Pour avoir la couleur qui rend la liberté ,
Lavait son corps d'ébène avec la blanche neige.
« Frotte-toi, lui dit-on, du matin jusqu'au soir ,
» Des pieds à la ceinture et du front à la hanche ;

» Tu pourras bien alors noircir la neige blanche,
» Sans parvenir jamais à blanchir ton corps noir. »

Gens de bien, gardez-vous, quelque attrait qui vous flatte,
Vers les hommes mauvais de diriger vos pas ;
Le bon facilement près du méchant se gâte ;
Le méchant près du bon ne se corrige pas.

A LA MAISON D'ÉCOLE

FONDÉE PAR LE Mis ET LA M^{ise} DE...

Salut, cher petit édifice,
Chers murs au travail consacrés,
Nouvelle maison où nul vice
Et nul péché ne sont entrés.

Tu seras l'école et l'asile
Des sages enfants de ce lieu ;
Tu leur apprendras l'Evangile,
Ce sublime livre de Dieu.

Pour les garantir de tout piége,
Des anges te viendront bientôt ;
Là-haut le château te protége,
Tu protégeras le château ;

Et le soir, de tes chants mystiques
Les sons, dans les airs égarés,
Feront redire les cantiques
A l'écho des salons dorés.

Il nous manque a tous quelque chose ;
Riche et pauvre ont leurs mauvais jours.
Dieu seul de tous les biens dispose,
Demandons-les-lui donc toujours.

Bénis, mon Dieu, la blonde gerbe,
Bénis la vigne aux frais contours,
Bénis ces toits qui rasent l'herbe,
Et bénis ces superbes tours !

INSCRIPTION.

Paix à la maison sainte et sobre ,
Qui fut bénite au jour précis
Du dimanche dix-neuf octobre ,
L'an mil huit cent cinquante-six.

BULLETIN.

Mademoiselle, après avoir fait un bon somme,
S'est levée à l'instant, debout comme un seul homme !
Sur le parquet glissant elle a fait quatre pas,
Au sein de sa nourrice a pris double repas ;
Et coiffée et parée, et dame en miniature,
Elle s'est, dans le parc, promenée en voiture.
A son retour, chacun l'appelant par son nom,
Voulait la caresser... Sa tête disait : Non.

Elle faisait alors semblant d'être méchante,

Jetait un cri ; c'était comme un oiseau qui chante ;

Et l'aïeul et l'aïeule étaient au coin du feu,

Pour cette chère enfant à prier le bon Dieu !

A VÉVA,

De mon village
Jusqu'à ta plage
Tout mon cœur va
Vers toi, Véva !

Quand sur la dune
Tu vois la lune
D'un reflet clair
Couvrir la mer ;

10

Quand une voile,
Sous une étoile,
Glisse sur l'eau
Comme un oiseau ;

Quand par l'écume
Du flot qui fume,
Tes petits pieds
Sont tout mouillés ;

Joueuse et folle,
Au vent qui vole
Livre les sons
De tes chansons ;

Et le zéphyre
Viendra redire,
Dans mon abri,
Ton nom chéri.

L'OISEAU.

Jeunes filles, c'est jour de fête ;
Le ciel brille d'un bleu plus clair ;
Pour les jeux la journée est faite ;
Vous êtes libres comme l'air.

Toutes les pelouses sont vertes,
Tous les chemins sont parfumés,
Toutes les portes sont ouvertes,
Et tous les livres sont fermés.

Allez parmi les fleurs écloses ;
Courez comme les papillons ;
Dans les jardins cueillez les roses,
Et les bluets dans les sillons.

Ecartez doucement les branches
Où l'épine à la fleur s'unit,
Et prenez avec vos mains blanches
Un petit oiseau dans son nid.

Essuyez ses plumes si frêles,
Par la poussière il est souillé ;
Réchauffez ses petites ailes,
Et portez-lui du grain mouillé.

S'il échappe à vos mains craintives,
Marchez près de lui sur le sol,
Et soyez sans cesse attentives
A soutenir son premier vol.

Il crie, il gazouille et soupire ;
Il demande un autre horizon ;
Ecoutez son chant qui veut dire :
« Ne me gardez pas en prison. »

Et dès qu'il changera de place,
Volant avec agilité,
Montrez-lui l'air , l'azur, l'espace.
Et donnez-lui la liberté !

ADIEUX A UNE MAISON DE POËTE.

Amis, quand vous quittez cette chère maison
    Pour respirer l'air tiède,
Les fleurs et le printemps... c'est la belle saison!
    Oh ! non ; c'est la plus laide.

Quand la poésie entre au foyer des hivers,
    Qu'elle est là, portes closes,
Nous aimons cent fois mieux le doux parfum des vers
    Que le parfum des roses.

Nous aimons mieux le son des dièzes, des bémols,
    Dont le poëte s'accompagne,
Que les fleuves, les bois, les vents, les rossignols,
    Tous ces chanteurs de la campagne.

Donc adieu, mes amis, jusqu'au retour des champs,
    Jusqu'à la saison froide et belle,
Qui nous rendra la voix des Emile Deschamps,
    Des Lefèvre et des Lacretelle.

NOS SAMEDIS.

Après avoir porté le poids de la semaine
Et travaillé six jours entiers, le temps ramène,
Pour réveiller les cœurs par l'absence engourdis,
Le soir harmonieux de nos chers samedis.
Les amis, en prenant la route accoutumée,
Arrivent ce soir-là dans la maison aimée.
On est comme en famille, en petit comité,
Très-attendu toujours, et jamais invité ;
Aussi ce n'est pas là comme chez tout le monde ;
Là, l'esprit est plus fin, la manière plus ronde ;
Là, nulle main oisive avec un éventail,
Mais chaque main active et savante au travail,

Et l'on y voit tenir, par la mère et la fille,

Le fil d'or du discours et le fil de l'aiguille ;

Et comme le printemps nuançant les couleurs,

Les doigts sur des tapis font éclore des fleurs ;

On y voit attachée à la chaîne onduleuse

La médaille d'argent sainte et miraculeuse ;

On y voit, essayant leur sourire et leur mot,

Des enfants qui seront hommes et grands bientôt,

Et l'amour, ce premier besoin de tous les âges,

Au fond de tous les cœurs et sur tous les visages.

Le souvenir du cœur, là, rien ne le suspend ;

On n'y sait oublier que l'heure... en s'occupant.

Un lecteur, imitant l'acteur inimitable,

Y joue un drame entier, les coudes sur la table,

Et nous fait sans bouger passer, à force d'art,

Des théâtres royaux à ceux du boulevard.

Un conteur plein d'esprit y raconte une histoire

D'un ton qui fait sourire ou frémir l'auditoire,

Et la voix d'un poëte, au milieu des bravos,

Y récite des vers très-beaux et très-nouveaux.

Là, jamais de concerts réglés par des programmes ;

Peu de bruit d'instruments, beaucoup de voix de femmes ;

Jamais de bals bruyants, mais des élans joyeux

Et des rondes tournant en cercles gracieux ;

Plus loin, dans le salon, sur des tables sans voiles,
Scintillent des cristaux comme un groupe d'étoiles,
Et le gaz dans un globe y jette un jour charmant
Et si doux... qu'on dirait la lune au firmament.

CE QU'ON DIT ET CE QUE JE PENSE.

◄ ►

On m'a dit et redit qu'en vous voyant, madame,
 D'amour on se sentait épris ;
On m'a dit et redit que vous étiez la femme
 La plus aimable de Paris ;

On m'a dit que pour rien, tremblant plus qu'un esclave
 Ne tremble à l'approche du czar,
Lorsqu'un ami vous crie : « A moi ! » vous êtes brave,
 Beaucoup plus brave que César ;

On m'a dit qu'une femme éperdûment coquette,
    Coquette d'orgueil étouffant,
Mettait bien moins de temps à faire sa toilette
    Que vous celle de votre enfant;

On m'a dit qu'un rubis, un diamant sans tache,
    Enchâssés dans l'or du Pérou,
Ne valait pas le nœud qui, le matin, attache
    Votre fichu sur votre cou;

On m'a dit que les vers de nos plus grands poëtes,
    Leurs vers savants et radieux,
Étaient pâles auprès des beaux vers que vous faites,
    En faisant autre chose et mieux !

On m'a dit, près de vous, loin de vous, oh ! que sais-je ?
    En tous lieux, l'on m'a dit encor
Que vous étiez cent fois plus blanche que la neige
    Et cent fois plus pure que l'or.

Et moi je vous dirai que cet éloge immense,

Et ces propos qui semblent fous,

Ne disent pas le quart de tout ce que je pense,

Madame, quand je pense à vous !

JE NE DIS PAS.

Je ne dis pas : A vous ma chère,
A vous des jours sans pluie ou vent,
Des jours sans deuil et sans misère,
Qui, comme les grains du rosaire,
Se ressemblent en se suivant.

Je ne dis pas qu'un léger rire
Rira toujours dans votre voix,
Que dans l'harmonieux délire,
Une corde de votre lyre
Ne se rompra pas sous vos doigts.

11

Je ne dis pas : Jamais un voile
N'attristera ce front riant ;
Je ne dis pas : La même étoile
Guidera toujours votre voile
Fraîche et blanche vers l'Orient.

L'homme ne sait rien, et la cause
Et l'effet, tout est ignoré :
Moi, pourtant, je sais quelque chose...
Que l'avenir soit noir ou rose,
Je sais que je vous aimerai.

UN SOIR

OU L'ON FAISAIT DE LA MUSIQUE DANS LA MAISON EN FACE.

C'était un soir, madame, à Paris, dans l'automne ;
On entendait rouler comme un bruit monotone,
    Chacun dans son chemin marchait ;
Et nous, sur un balcon, à l'heure blanche et brune,
Nous, poëtes songeurs, nous contemplions la lune
    Qui se montrait et se cachait.

En face, entre les murs, un grand arbre s'élève,
Et nous apercevions, dans le fond, comme un rêve,
    Au milieu de ses rameaux verts,

Un hôtel élégant, ses vitres et ses franges,
Et dans un grand salon, un blanc cortége d'anges
    Ecoutant des chants et des vers.

A travers l'arbre aimé, jusqu'à notre fenêtre,
Des soupirs s'exhalaient : nous crûmes reconnaître
    Ceux des rossignols dans les bois ;
Des étoiles, plus haut, semblaient jeter leur flamme ;
Ces étoiles, c'était vos lustres d'or, madame,
    Et ces rossignols, votre voix !

Tout ce que nous rêvions sous la lune charmante,
Et tout ce qui vibrait en ma pensée aimante,
    Ce qui parlait et se taisait,
Ces admirations allant jusqu'au délire,
Ces mystères divins, impossibles à dire,
    Votre musique les disait.

Ah ! c'était une nuit éclatante et sonore,
Et cette douce nuit chante et reluit encore,
    Dans mes souvenirs désolés ;

Et je songe toujours à ces extases saintes,
Malgré l'arbre effeuillé, les étoiles éteintes
    Et les rossignols envolés.

Qui de nous n'a trouvé par hasard, dans sa vie,
Une joie imprévue à faire à tous envie,
    Un fruit savoureux sous sa main,
Un courrier arrivant avec un doux message
De joyeuses chansons, des fleurs sur son passage,
    Ou quelque ami sur son chemin?

On cherche le plaisir; — plus prompt que les gazelles
Il part, et de l'oiseau semble prendre les ailes
    Pour fuir incessamment nos pas;
Mais qu'à la Providence un jour on s'abandonne,
Elle accourt prodiguant tous ses trésors, et donne
    Des fêtes qu'on ne cherchait pas !

OPINION MOTIVÉE

SUR UN RAPPORT FAIT A L'ACADÉMIE DES JEUX FLORAUX.

Puisqu'on cite de moi des vers improvisés,
Qu'on me permette encor d'en improviser d'autres,
Et de dire au lecteur : « Monsieur, quand vous lisez
Cet excellent rapport, où vous préconisez
Tous les succès d'autrui, vous assurez les vôtres.

» Il me semble pourtant qu'il ne serait pas mal
Qu'à l'éloge on mêlât parfois un peu de blâme,
Et qu'on fît sentir l'épigramme,
Même à travers le madrigal.

» Cet ouvrage, à mon sens, est un charmant ouvrage :

C'est de l'esprit à chaque page,

Et c'est parfait en tous les points ;

Mais si l'on louait un peu moins,

Je crois qu'on louerait davantage.

» Je sais qu'indulgemment on prononce mon nom ,

Par un sensible effet de pure courtoisie ;

Et qu'en revanche aussi, l'on vante avec raison

Les maîtres de la prose et de la poésie.

Cependant il serait, d'après mon jugement ,

Il serait de bon goût, et d'une grâce extrême ,

Que la critique allât avec le compliment,

Et que l'Académie, en parlant d'elle-même,

En parlât plus sévèrement.

» Il faut, par une ruse innocente et permise ,

Que sous l'humilité notre orgueil se déguise.

Si vous me demandez à quoi bon et pourquoi ?

C'est qu'en disant soi-même un peu de mal de soi,

On empêche souvent que le monde n'en dise.

» Mais je n'en répète pas moins :

Cet ouvrage, à mon sens, est un charmant ouvrage :

C'est de l'esprit à chaque page,

Et c'est parfait en tous les points. »

ON N'AIME PLUS LES VERS.

Dans notre siècle en vain les muses sont rebelles !
  De sa céleste voix, là-haut,
Clémence Isaure dit à ses amants fidèles :
  « Chantez ! » — Et je la prends au mot.

On proscrit l'idéal, on soumet chaque chose
  A la mesure du compas ;
Tout est à l'industrie, au calcul, à la prose ;...
  — Grâce à Dieu ! je ne le crois pas !

On n'aime plus les vers : — ô mensonge ! hérésie !
    Aveugle, on n'aime plus le jour ;
Et sourd, on n'aime plus les chants, la poésie ;
    Et vieux, on n'aime plus l'amour !

Mais si nous conservons la jeunesse en notre âme,
    A la gloire nos cœurs ouverts,
Nous sentirons toujours en nous l'ardente flamme
    Et de la musique et des vers.

Que de nos Jeux Floraux l'écho pur et sonore
    Répète de douces leçons,
Et sans cesse entourons notre Clémence Isaure
    De jeux, de fleurs et de chansons !

Sur ses jetons d'argent sa lyre, sa légende,
    Son bouquet aux vives couleurs
Disent qu'elle nous donne et qu'elle nous demande
    Chansons pour chansons, fleurs pour fleurs.

Que tout notre encens donc à son culte appartienne,
    Et que jusqu'au sacré vallon
Nos mains jettent des fleurs à la muse chrétienne
    Qui se mêle aux chœurs d'Apollon.

LE CLOITRE DE VILLEMARTIN.

A ALEXANDRE GUIRAUD.

◄ ►

Poëte et créateur, ce n'est qu'un ; et vous êtes,
Alexandre Guiraud, un de nos grands poëtes !
A mon réveil, j'ai vu, croyant encor rêver,
Un cloître devant moi tout à coup s'élever,
Avec ses arcs légers, ses granitiques franges,
Ses saints, ses chevaliers, ses démons et ses anges ;
Tout cela, jeune et frais, malgré sa vétusté,
Dans le bloc de vos vers artistement sculpté ;
Et, du matin au soir, de l'aurore à la lampe,
J'ai lu ce beau poëme, où la foi se retrempe.

Je ne dis pas bravo ! bravo tout seul n'est rien ;

Mais je dis plus : « C'est bon, et cela fait du bien ! »

Car votre livre, ami, c'est comme une prière ;

Je l'ai lu page à page, et jusqu'à la dernière.

Tous ces beaux vers, déjà, nous les savons par cœur,

Et nous avons senti, les répétant en chœur,

Comme après un écho des concerts angéliques,

Comme après la douceur des paroles bibliques,

Comme après les versets d'une sainte oraison,

Un parfum du ciel même entrer dans la maison.

C'est qu'ouvrant le compas divin, immesurable,

Ouvrier, vous avez fait une œuvre durable ;

C'est qu'avec beaucoup d'or, beaucoup d'art et de foi,

Comme eût fait un pontife ou comme eût fait un roi,

Vous-même, de vos mains, avez posé la base

D'un monument que l'œil suit dans l'air, en extase,

Et dont les marbres blancs, qui forment son soutien,

Sont taillés et brodés avec tout l'art chrétien.

Le chef-d'œuvre au regard se spiritualise,

La croix brille au sommet comme sur une église,

La cloche fait au loin retentir son accent,

Et le voyageur prie et salue en passant.

Et moi, quoique lassé, quoique l'âge me gagne,

J'irai dans votre cloître, en quittant ma montagne ;

J'y suivrai votre pas d'un pas religieux,

Et sous la voûte ensemble aimant et priant mieux,

Le long de ces arceaux et de ces hautes pierres,

Nos voix feront monter jusqu'au ciel nos prières.

LE R. P. LACORDAIRE.

Quel élan que rien ne modère !
Quel mouvement dans la cité !
Le nom du Père Lacordaire
De bouche en bouche est répété.

Et l'on voit front jeune et front chauve
Allant pêle-mêle, au hasard,
A cette parole qui sauve,
Sous un fascinateur regard.

Vers la basilique sacrée
Tous accourent, juste ou pécheur,
Pour ouïr la voix inspirée
Du grand Dominicain prêcheur.

Il règne : la chaire est son trône,
La croix son sceptre, Dieu sa loi,
Et sa tonsure est la couronne
De son front de moine et de roi.

C'est un infatigable athlète
Toujours au combat excité,
Un magnifique et saint poëte
Qu'inspire toute vérité.

Il n'est de péril qu'il n'affronte ;
Rien ne le lasse en ses travaux,
Et vers son but divin il monte
Par des chemins toujours nouveaux.

Ce que nul n'ose dire, il l'ose ;
Et sa vive éloquence, à lui,
D'image et d'éclair se compose ;
C'est le Bossuet d'aujourd'hui.

Ses mots s'enchaînent l'un à l'autre ,
Energiquement rassemblés ;
Ce n'est pas l'homme, c'est l'apôtre
A qui l'Esprit-Saint dit : « Parlez ».

Et la foule qui le contemple
Et suit ses élans surhumains ,
Sans le respect pour le saint temple ,
En l'écoutant battrait des mains.

Dieu lui-même à sa lèvre prête
Ce charme dont on est saisi ;
Dieu l'a choisi pour interprète ,
Et Dieu certes a bien choisi !

Ecoutez : — sa parole explique
Le sens du livre aux divins sceaux ;
Sa voix remplit la basilique
Et vibre d'arceaux en arceaux.

Il cause, interroge, argumente,
Cite un mot brillant et sourit ;
Sa parole est grave et charmante,
Son génie est rempli d'esprit.

Soudain l'heure sonne ; il demeure
Muet, un instant arrêté ;
Et puis dit : « Passons ; que fait l'heure,
Il s'agit de l'éternité ! »

Et sous son blanc habit de laine,
Comme un ange il nous apparaît ;
Une seconde Madeleine
A ses pieds se convertirait.

En le voyant, l'étranger même
Déjà nomme un ami de plus,
Un ami parfait, et qu'on aime,
Comme saint Jean aimait Jésus.

LES SAGES QU'ON APPELLE FOUS.

On n'a communément ni ténèbres ni flamme ;
On trouve rarement le sublime ou l'infâme ;
Nous ne portons au cœur ni baume ni venin,
Et c'est un grand hasard d'être géant... ou nain.
Tous les numéros sont pour les choses mesquines ;
Pour les hautes vertus et les forfaits : les quines !
De ce monde unissant mensonge et vérité,
Le mot, le triste mot, est : médiocrité.
La force nous sied mal, et son nom seul nous blesse ;
Nous appelons l'amour lui-même une faiblesse.
D'une femme tremblante on obtient un aveu,
Et pendant quelques jours on l'aime... on l'aime un peu ;

Mais si quelqu'un de nous, en s'oubliant soi-même,

S'éprend d'un fort amour ; si devant ce qu'il aime

Son esprit fasciné croit que le vieux soleil

N'éclaira dans son cours jamais rien de pareil ;

Si dans cet être il met sa foi, sa poésie ;

Si rien qu'en y pensant il pleure et s'extasie ;

S'il ne peut l'aborder sans fléchir le genou,

Savez-vous ce qu'on dit ?... on dit : Cet homme est fou !

— Et ce rêveur qui marche en regardant la nue

Et prononçant les mots d'une langue inconnue,

Qui murmure des vers tout le long du chemin,

Et marque la mesure en remuant la main,

Et dont la voix répond à quelques voix lointaines

Que lui porte le bruit des vents et des fontaines...

Comme poëte un jour il sera couronné :

Mais il passe à présent pour un aliéné.

— Et celui-là, cédant à l'honneur qui lui crie

D'aller braver la mort pour servir sa patrie,

Contre vingt bataillons seul s'étant élancé,

S'il tombe et meurt ! on dit : C'était un insensé !...

— Et si quelque autre, jeune, à l'âme tendre et triste,

Déjà désabusé, libre, se fait trappiste ;

S'il prononce à l'autel d'irrévocables vœux,

Et sous les froids ciseaux fait tomber ses cheveux,

S'il abandonne tout, la joie et l'opulence,

Pour les pleurs, le travail, le jeûne et le silence,

On dit, en souriant de sa longue oraison :

Il veut gagner le ciel... mais il perd la raison !

Ainsi, méconnaissant les dévouements sublimes,

Tous ces élus de Dieu nous semblent des victimes.

Nous plaignons chaque jour celui qui ne veut pas

Demeurer dans l'ornière où s'arrêtent nos pas.

Si dans le sacrifice il a placé sa joie,

S'il prend dans son élan une nouvelle voie

Et dépasse le but au vulgaire prescrit,

Nous disons que la fièvre a troublé son esprit,

Et qu'inspiré d'un ange ou possédé du diable,

Cet homme-là n'est plus semblable à son semblable.

Mais au contraire, loin des soupirs et des pleurs,

Dans le monde, au milieu des femmes et des fleurs,

Si l'on trouve un monsieur aux façons fort civiles,

Comme on en voit beaucoup d'aimables dans nos villes,

Un monsieur dont l'esprit ne s'exalte sur rien,

Pour prouver que le mieux est l'ennemi du bien,

Chacun dit de cet homme : Il est sage ; — et l'on traite

D'insensé le héros, le saint et le poëte !

Laissez-les donc passer ces sourires moqueurs,
O bienheureux délire, ô fièvre des grands cœurs !
Sublime extravagance, admirable folie,
Qui vous nomme d'un nom que jamais l'on n'oublie,
Qui du génie humain augmente le pouvoir,
Et fait à tous les biens préférer le devoir !...
Ces artistes, de l'art reculant la limite,
Ces prêtres, ces guerriers, tous ces hommes d'élite,
Qui bravent pour leur foi les périls en tout lieu,
Sont fous devant le monde... et sages devant Dieu !

LES CHEMINS DU CIEL.

AUX OUVRIERS DE LA SOCIÉTÉ DE SAINT FRANÇOIS-XAVIER.

I.

Allons , mes amis, bon courage !
Prenons nos outils en chantant ;
Mettons-nous chacun à l'ouvrage ,
Pour que le patron soit content.

Forgerons , frappez à l'enclume ;
Poëtes, frappez au cerveau ,
Et sachez que souvent la plume
Est plus lourde que le marteau.

Lorsque la mer est en colère,
Pilote, allez au gouvernail ;
Travaillons tous ; car le salaire
Ne peut pas manquer au travail.

Harmonieuse et couronnée,
La lyre est la sœur du rabot ;
Et pour payer chaque journée,
Le Maître nous attend là-haut.

II.

Du ciel la patrie est cachée ;
Mais Dieu donne à tous le chemin,
A tous la sandale attachée,
A tous le bâton à la main.

Une puissante voix appelle
Dans ce chemin chacun de nous ;
Ce n'est pas lui, ce n'est pas elle :
C'est eux, c'est vous, c'est moi, c'est tous.

N importe couronne ou besace,
Puissant ou faible que l'on soit ;
Et n'importe ce que l'on fasse,
Si l'on fait toujours ce qu'on doit.

Pénétrons dans tous les étages ;
Examinons de toutes parts ;
Voyons tous les rangs, tous les âges,
Tous les métiers et tous les arts.

III.

Un sage, accoudé sous sa lampe,
Cherchant des clartés pour l'esprit,
Et dont la vertu se retrempe
Dans le foyer d'un manuscrit ;

Un marin, debout sous sa voile,
Interrogeant les cieux ouverts
Et lisant, au feu d'une étoile,
Dans le livre de l'univers ;

Une aïeule avec sa quenouille,
Du travail donnant la leçon,
Et dont la vieille lèvre mouille
Le lin nouveau de la moisson ;

Une vierge blonde et mystique,
Dont la voix remontant aux cieux,
Jette dans l'église un cantique,
Dans la maison un chant joyeux ;

Une femme en pleurs qui s'abrite
Sous un noir cyprès chaque jour,
Et qui, dans sa bague bénite,
A renfermé son seul amour ;

Un prêtre dont la main se penche
Vers l'innocence et le remords,
Priant tout haut, chaque dimanche,
Pour les vivants et pour les morts ;

Un conquérant dans son cortége,
Qui, sous ses drapeaux repliés,
Tient ses ennemis qu'il protége,
Vaincus... et pas humiliés;

Un paysan dont la chaumière
S'ouvre au pauvre égaré le soir ;
Un soldat faisant sa prière,
Un enfant faisant son devoir ;

Un ouvrier qui seul regagne
Son logis d'un pas triomphant,
Pour partager le pain qu'il gagne ,
Entre sa mère et son enfant;

Ce qu'au bonheur même on préfère,
Un grand sacrifice, un bienfait;
Ce que l'honneur nous dit de faire ,
Ce qu'on est heureux d'avoir fait;

13

Tous les mérites qu'on rencontre,
Soit ignorés, soit applaudis,
Sont comme un rayon qui nous montre
Un petit coin du paradis.

IV.

Voyez vers la céleste voûte
Le but divin que nous cherchons :
Par saint François-Xavier, en route !
En avant ! sac au dos ! marchons !

Et faisons, enfants de Toulouse,
Nous aidant toujours en chemin,
Que l'habit, la veste et la blouse
Dans le ciel se donnent la main.

SOUS MON PORTRAIT,

A CHACUN DE MES ENFANTS.

I.

A PAUL.

A toi, cher, ce portrait, qui me peint à demi,
A toi que j'ai nommé du nom d'un des apôtres,
A toi donc, Paul, mon fils, avant mes deux chers autres,
Qui naquis mon enfant, et grandis mon ami.

II.

A ALBERT.

Ces vieux traits, mon Albert, que ton amour révère,
Te deviendront plus tard un souvenir bien doux ;
Un morceau de papier protégé par un verre,
Tout cela, c'est encor moins fragile que nous.

●

III.

A CHARLES.

J'avais déjà bercé tes frères de caresses,
Charles, mon cher petit, quand tu vins à ton tour :
Je croyais qu'ils avaient épuisé mes tendresses,
Et pourtant tu trouvas la même part d'amour.

AH ! NE NOUS PLAIGNONS PAS !

Sitôt que vient sur nous la souffrance avec l'âge,
Au pays, mot charmant qui promet la santé,
Dans le petit vallon, près du petit village,
Si l'on peut voir fleurir l'arbre qu'on a planté ;
Si l'on peut moissonner sans en compter le nombre,
Des fleurs à chaque pas tout le long du chemin ;
Si l'on peut à midi goûter le frais, sous l'ombre
    D'un bois qu'on sema de sa main ;

Si l'on voit s'élever à la taille des hommes,
Des enfants adorés qui font tout notre orgueil,
Et qui bien loin encor d'être au terme où nous sommes,
Cependant de la vie ont dépassé le seuil ;

Si d'une robe blanche et de fleurs nuancée,

L'existence pour eux se pare chaque jour,

Et se montre à leurs yeux comme une fiancée

    Toute rayonnante d'amour;

Si des bruits de la gloire un écho nous remue,

Si les absents toujours sont chers et regrettés,

Si l'on parle d'amour avec la voix émue,

Si les noms qu'on aima sont encor répétés,

Si pensant aux écueils de l'Océan, on pleure

Sur son vaisseau brisé de ne plus s'élancer,

Si pour offrir à Dieu sa vie heure par heure,

    On voudrait la recommencer;

Ah! ne nous plaignons pas, quand de la jeune fête

Tous les élans joyeux sont pour d'autres que nous;

Ah! ne nous plaignons pas, quand ils lèvent la tête,

Tandis que notre front penche vers nos genoux;

Car celui-là dont l'œil dans le fond des cœurs sonde,

Ah! celui-là sait bien qu'ici, là-bas, ailleurs,

Tous ceux qu'on a nommés les heureux de ce monde,

    N'ont pas eu des destins meilleurs.

Ce n'est plus le printemps ni la terre émaillée

De toutes les couleurs de la jeune saison ;

C'est l'automne, et la terre à demi dépouillée,

Ouvrant à nos regards un plus vaste horizon.

Lorsque novembre vient, et de son souffle cueille

Les branches et les fleurs, les parfums et le miel,

A travers les rameaux de l'arbre qui s'effeuille,

  On voit mieux les rayons du ciel.

Ce ne sont plus les jours des entreprises folles,

Où chaque obstacle était rempli d'un seul élan,

Où le cœur s'enivrait au doux miel des paroles,

Et se prenait aux nœuds d'un voile ou d'un ruban.

C'est l'heure où de la vie on comprend la chimère,

Où l'on sent qu'ici-bas tout n'est que vanité,

Et ce dernier moment, ce moment éphémère,

  Sera demain l'éternité.

On voit comme un présage une feuille qui tombe,

Un astre se voiler, une fleur se flétrir ;

La nature qui meurt nous prépare à la tombe :

On se sent jour à jour plus doucement mourir,

On a quand du soir vient la brise salutaire,

Les doux parfums avant le coucher du soleil,

Le tapis de gazon avant le lit de terre,

    Le repos avant le sommeil.

Il est doux, voyageur à la fin de sa course,

Quand l'air lourd qu'on respire est un poids étouffant,

D'aller se rafraîchir à l'eau de cette source,

Où l'on s'est enivré lorsqu'on était enfant.

Et quand chaque bonheur loin de nous se retire,

Pour adoucir le choc de ce suprême adieu,

De porter ses regards vers le ciel, et de dire :

    « Ayez pitié de moi, mon Dieu ! »

FIN.

TABLE.

FIN DE LA TABLE

www.ingramcontent.com/pod-product-compliance
Lightning Source LLC
Chambersburg PA
CBHW051824020726
47502CB00005B/1616